Y 2. 672
2

C.

FÉERIES

NOUVELLES.

TOME SEC...

A LA HAYE.

M. DCC. XLI.

NONCHALANTE,

ET

PAPILLON.

CONTE.

IL y avoit une fois un Roy
& une Reine qui vécurent
dans la plus grande union, &
cette tendre union succeda à la
passion la plus vive & la plus
traversée dont on ait jamais
entendu parler. La Reine qui
se nommoit Santorée, méritoit
par les graces de sa personne,
par celles de son esprit, & sur-
tout par la tendresse de son cœur,
tous les sentimens que Gris de
Lin son mari avoit pour elle. Ce

Prince étoit d'autant plus aimable, qu'il avoit confervé fur le Trône toutes les vertus & tous les agrémens d'un Particulier ; auffi l'on ne peut douter qu'une Fée n'eût préfidé à fa naiffance. En effet, cette Fée fans avoir été contredite par aucune de fes Compagnes, après avoir évoqué tous les parens morts de Gris de Lin, avoit pris de chacun d'eux une vertu, auffi-bien qu'un agrément, pour former le caractere d'un Prince qu'elle vouloit obliger ; mais malheureufement elle donna la dofe de tendreffe un peu trop forte ; les malheurs des honnêtes gens n'ont prefque point d'autre principe. Quoiqu'il en foit, jamais Prince ne fut plus heureux que Gris de Lin. Il aimoit autant que l'on peut aimer un objet digne de fon amour :

cet

cet aimable objet répondoit parfaitement à sa tendresse, & de
plus il étoit Roy d'un fort beau
Royaume ; mais tant de faveurs
de la fortune, ne peuvent être
d'une longue durée. La belle Santorée en mettant au jour une
fille charmante que l'on nomma
Nonchalante, fut extrêmement
malade. Le Roy par amour propre pour sa mere, ne voulut point
qu'on douât ce gage de leur
union. Il ne douta pas que pour
peu qu'elle ressemblât à Santorée, elle ne fût préférable à
toutes les Princesses de la terre.
Mais les Fées ne rendent pas toujours aux sentimens la justice qui
leur est dûe. Il leur parut que ce
procedé entreprenoit sur leurs
droits ; & pour en punir le Roy,
elles augmenterent la maladie de
la Reine. Elles annoncerent à
A 2 l'infor-

l'infortuné Gris de Lin les suites funestes de cette maladie, & la Reine mourut. Il est constant que sans la petite Nonchalante, rien au monde n'auroit pû déterminer le Roy à survivre une Epouse si tendrement aimée. Il consentit donc à vivre pour cette seule raison; mais ce fut avec une si grande tristesse, qu'il devint incapable de toute affaire. La Fée Lolotte, malgré ce qui s'étoit passé, se chargea de l'éducation de la petite Princesse, & de celle du Prince Papillon, neveu de Gris de Lin, que l'on avoit envoyé presqu'au berceau à la Cour de Gris de Lin son oncle, parce qu'il s'étoit trouvé orphelin. Quoiquel'on ne négligeât rien pour l'éducation de ces deux enfans, ils prouverent l'un & l'autre que les

soins

foins que l'on prend, ne peuvent qu'adoucir les défauts de la nature, fans les détruire abfolument. Nonchalante belle & jolie tout enfemble, parfaitement bienfaite, avec un efprit capable de tout, avoit pour tous les évenemens un fonds d'indifférence qu'il feroit difficile d'exprimer. Papillon au contraire, charmant par fa figure, abufoit de fa vivacité ; il faififfoit jufqu'aux plus grandes bagatelles avec une rapidité furprenante, & les abandonnoit avec une pareille promptitude. Comme ces enfans étoient à peu près du même âge, ils parvinrent en même tems à celui auquel les Peuples pouvoient s'intéreffer à eux, & former des projets convenables à leurs caracteres. Alors les fentimens fe trouverent partagés ; les

A 3 gens

gens tranquiles & amateurs de
la paix, voyoient dans Nonchalante toutes les vertus qu'ils dé-
firoient à leur Reine ; & ceux
que le mouvement animoit, &
les Partifans de la gloire du
Royaume, efperoient tout d'un
Prince tel que Papillon. Ces dif-
férentes façons de penfer an-
nonçoient infailliblement une
guerre civile & la divifion dans
l'Etat : on devoit d'autant plus
l'apprehender, que l'intérieur du
Palais n'étoit pas tranquile. Ces
deux aimables enfans en fe rendant juftice fur leurs agrémens,
avoient cependant l'un pour l'autre un éloignement extrême,
caufé par l'oppofition de leurs
caracteres ; & cette contrariété
devenoit un obftacle invincible
au mariage que tout le monde
defiroit, & qui pouvoit feul cal-
mer

nier tous les esprits. Papillon qui
avoit beaucoup d'esprit, sentit,
quoique dans un âge très-peu
avancé, les avantages qu'il pouvoit tirer du Parti qui se décla-
roit hautement en sa faveur; mais
soit qu'il fût déterminé, par un
sentiment d'honneur, à ne point
faire de tort à sa belle Cousine,
soit qu'il voulût satisfaire sa vivacité & sa légereté naturelle,
il forma le dessein de chercher
les avantures, & de voyager *incognito*. Aussi-tôt que cette idée
se presenta à son esprit, il la mit
à execution : heureusement pour
lui elle lui vint étant à cheval,
car s'il eût été pied à terre,
peut-être ne se feroit-il pas donné le tems d'en demander un à
son Ecuyer : il partit donc sans
avoir d'autre projet que celui de
s'éloigner ; il ne fut d'abord oc-

A 4 cupé

cupé que du foin de fortir du Royaume. Ce départ inopiné mit tout l'Etat en trouble, & l'on regreta généralement un Prince d'auffi grande efpérance, & dont on ignoroit abfolument la deftinée. Tout infenfible qu'étoit Gris de Lin à tous les évenemens de la vie, il fut touché de cette perte ; & quoiqu'il ne pût voir la Princeffe fa fille fans verfer des torrens de larmes, il voulut juger par lui-même de fes talens & de fa capacité : mais indépendamment de la pareffe d'efprit avec laquelle elle étoit née, elle avoit auprès d'elle une Fée qui la gâtoit tout autant que fi elle eût été fa grand'mere. Cette Fée avoit conçu pour Nonchalante, depuis le moment de fa naiffance, une amitié mal entendue, fouvent plus dangereufe que la haine.

haine. Gris de Lin s'en apperçut, & ne put s'empêcher d'en faire des reproches à la bonne Lolotte. Il la fit convenir de ses torts, & elle lui promit de ne plus nourrir l'indifférence de la Princesse. En effet, elle tint parole, & depuis cet instant la pauvre Nonchalante eut beaucoup à souffrir : on l'obligea de s'occuper du soin de sa parure, du choix de ses étoffes, & de la variété de ses plaisirs; mais plutôt que d'entrer dans le moindre détail, elle portoit ses vieux habits, demeuroit dans le plus grand négligé, & ne pensoit jamais à se montrer en public. On n'en demeura pas là, Gris de Lin voulut qu'on lui parlât des affaires de son Royaume, & qu'elle parût au Conseil pour y donner son avis, & se mettre par ce moyen au fait du Gouver-

nement.

nement. Alors son Palais, ses
Etats lui devinrent à tel point
importuns, qu'elle conjura Lolotte de l'emmener hors d'un
Pays où tout lui étoit devenu insupportable. La Fée refusa d'a-
bord avec beaucoup de fermeté
de satisfaire cette fantaisie; mais
que ne peuvent point les larmes
de la plus jolie enfant du monde, quand elle est aimée! Lolotte
lui accorda enfin sa demande; &
sans lui faire quitter un canapé
qu'elle préferoit à toutes les commodités de son appartement, elle
l'enleva & la conduisit dans sa
Grotte. Ce second départ mit
tous les Sujets au désespoir, &
Gris de Lin en fut aussi touché
qu'il le pouvoit être. Mais reve-
nons à Papillon, & voyons ce
que sa vivacité lui fit rencontrer.

Quoi-

Quoique les Etats de Nonchalante fuſſent d'une grande étenduë, le cheval de ce jeune Prince eût aſſez de force pour les lui faire traverſer : Ce fut auſſi tout ce qu'il put faire ; car à peine étoit-il paſſé la Frontiere, qu'il ſe rendit. Papillon fut donc obligé de marcher à pied ; & quoique cette façon de voyager ne répondît point à ſa vivacité, il fallut cependant s'y déterminer. Il ſe trouvoit alors dans une Forêt dont l'antiquité reſpectable inſpiroit une ſecrette horreur ; il ſuivit un chemin qui lui parut aſſez fréquenté ; & malgré toute la diligence dont il étoit capable, il fut ſurpris par la nuit : une petite lumiere qu'il apperçut ſuſpendit ſa laſſitude ; il voulut s'en approcher ; mais plus il faiſoit d'efforts pour y parvenir,

& plus il lui paroiſſoit qu'elle
s'éloignoit : Les inégalités du
terrain & l'épaiſſeur du bois, la
déroboient ſouvent à ſes yeux ;
quelle ſituation pour un Prince
extrêmement vif qui n'étoit jamais ſorti d'une Cour , & dont
par conſéquent on avoit toujours prévenu les déſirs ! Auſſi
l'on peut dire qu'il ſoutint cette
traverſe avec une impatience extrême. Enfin n'en pouvant plus
de faim & de laſſitude , il arriva
tout auprès de cette lumiere ,
vers laquelle il adreſſoit depuis
ſi long-tems ſes pas : elle le conduiſit à une méchante chaumie-
re , il y frappa rudement , une
vieille femme lui répondit ; mais
comme elle ne venoit point aſſez
promptement , il redoubla ſes
coups, & parla d'un ton d'autorité (car c'eſt avec peine que
l'on

l'on en perd l'habitude :) La
Vieille cependant n'en alloit pas
plus vîte , elle répondoit toujours fimplement & avec douceur à tout ce qu'il difoit en de-
hors , *patience* : Elle paroiffoit
déterminée à lui ouvrir , mais
elle fut encore long-tems avant
que de lui faire ce plaifir ; il l'entendoit qui chaffoit fon Chat ,
dans la crainte qu'il ne fortît en
ouvrant la porte : il diftinguoit
clairement par la converfation
qu'elle avoit avec elle - même ,
qu'elle retournoit fur fes pas
pour moucher fa lampe , afin de
mieux diftinguer celui qui frap-
poit à fa porte ; & s'appercevant
alors qu'il ne fe trouvoit pas affez d'huile dans la lampe , elle
fe crut obligée d'en remettre ; en
un mot, elle fit mille autres chofes femblables en répondant toujours ,

jours, *Patience* ; quelquefois elle ajoutoit feulement, éh ! mon Dieu, patience, & ce ne fut enfin qu'après bien du tems que cette porte s'ouvrit. Le Prince ne trouva dans cette Cabanne que l'image de la pauvreté, & pas la moindre apparence de nourriture. Cet afpect le mit prefqu'au defefpoir ; il témoigna à la bonne Vieille fon extrême fatigue & l'excès de fon appetit, mais elle ne lui répondit point autre chofe que ce trifte mot de patience ; cependant venant à l'examen des fecours qu'elle pouvoit lui donner : Vous aurez, lui dit-elle, d'un ton doux, une botte de paille pour vous coucher : La voilà, continua-t'elle derriere la porte (qu'elle avoit eu grand foin de refermer ;) & de quoi manger, répondit bruf-
que-

quement Papillon ? Attendez ,
lui répliqua-t'elle , patience , je
vais cueillir des pois dans le Jardin ; nous les écofferons paifi-
blement , enfuite nous allume-
rons du feu , & puis quand nous
les aurons bien fait cuire , nous
les mangerons fans nous preffer :
Et puis je ferois mort , ajouta le
Prince ; Dame , je ne vais pas
plus vîte moi , reprit doucement
la Vieille , non fans ajouter encore felon fa loüable coutume ,
donnez-vous patience , qui pour
cette fois fut fuivi du beau Pro-
verbe ; *Tout vient à point qui*
peut attendre : toutes ces chofes
étoient bien dures à fouffrir ,
auffi Papillon étoit-il dans un
état violent : mais que faire, il
falloit bien en paffer par-là ; allons cueillir les pois , dit alors la
bonne Femme , prenez la lampe

pour

pour m'éclairer ; le Prince lui
obéït, mais sa promptitude éteignit plusieurs fois la lumiere,
il fallut la rallumer à deux petits charbons presqu'éteints &
couverts d'un peu de cendre
proprement ramassés dans le milieu de la cheminée ; & enfin
après bien des peines, les pois
furent cueillis ; on revint à la
maison, on parvint à les écosser,
& quand le feu fut allumé, ce
qui fut encore très-long, il fallut les compter, car la Vieille
ne voulut absolument en faire
cuire que cinquante-quatre ; le
Prince eut beau représenter la
médiocrité de ce nombre, &
combien un pois de plus ou de
moins étoit de peu d'importance.
Il fallut encore en passer par-là ;
les pois tomberent plusieurs fois
par la vivacité du Prince, par con-
sé-

féquent il fallut non-feulement
les ramaffer, mais encore en vérifier le compte; enfin on les
mit fur le feu, & quand ils furent prefque cuits, la bonne
Femme tira des balances d'une
vieille armoire, prit un petit
morceau de pain & fe mit en
devoir de le partager & de le pe-
fer, mais Papillon ne lui en donna pas le tems; il fe jetta deffus,
le mangea, & lui dit à fon tour,
Patience : » Vous croyez plaifan-
» ter, lui dit-elle toujours dou-
» cement, mais non; vous me
» nommez véritablement, &
» vous apprendrez bien-tôt à me
» connoître : » Ils fouperent cependant, & les vingt-fept pois
qu'il eut pour fa part & qu'elle
lui donna bien exactement, joints
à quelques verres d'une eau très-
claire, le nourrirent à merveilles,

les, & il dormit du sommeil le
plus tranquille sur la paille qu'elle
lui avoit promis ; le lendemain
matin elle lui donna pour déjeu-
ner du pain bis & du lait qu'il
mangea de tout son cœur, enchanté qu'il ne se trouvât à ce
repas ni rien à cueillir, ni rien à
compter, ensuite il la pria de lui
apprendre qui elle étoit. J'y consens, lui répondit-elle, mais cela
sera bien long : Eh bien, reprit
le Prince, si cela est, je vous en
quitte ; mais, continua la Vieille, il faut à votre âge écouter les
Vieillards, & vous accoutumer
à la patience : Mais, mais, dit-
il, d'un ton d'impatience, il ne
faut pas non plus que les Vieillards nous excedent, dites-moi
seulement, continua-t'il, quel
est le Pays où je me trouve : Volontiers, lui répondit la Vieille,
vous

vous êtes dans la Forêt de l'Oifeau noir, & c'eft-là qu'il rend
fes Oracles. Un Oracle, dit le
Prince, je vais le confulter; il
voulut donner quelqu'argent à la
Vieille, mais elle le refufa, il le
jetta fur la table & partit comme
un éclair fans avoir demandé le
chemin de ce qu'il avoit envie
de voir; il prit à tout hazard le
premier fentier qui fe préfenta
devant lui, & toujours courant
& fe perdant fouvent, il s'éloigna fans regret d'une maifon qui
lui avoit encore moins déplu que
le caractere de celle qui l'habitoit; il marcha quelque tems au
hazard, mais enfin il apperçut
dans l'éloignement un grand Bâtiment qui dominoit fur toute
la Forêt, & dont la couleur étoit
noire; cet objet, auffi lugubre
que fingulier, lui parut le Temple

ple où se rendoit l'Oracle qui le faisoit courir : il marcha cependant encore long-tems & fort peu avant le coucher du Soleil. Il arriva aux premieres grilles du Palais noir, il étoit environné de plusieurs enceintes de Bâti-mens & de Fossés dont les eaux & les pierres qui les revétissoient étoient de couleur assortissante au Temple ; quand il fut à la pre-miere porte, il lut sans peine une Inscription écrite en gros caracteres de fer rouge, qui con-tenoit ces paroles : *Mortel curieux de ta destinée, frappe sur le tim-bre noir, & fois soumis à mon culte.*

Le Prince pour exécuter cet ordre, ramassa une grosse pier-re, & la lança contre le timbre qui rendit un son terrible & caverneux ; à ce bruit la porte s'ouvrit & se referma avec une

ra-

rapidité prodigieuse dès qu'il fut entré; dans le même inſtant il partit des Bâtimens voiſins pluſieurs millions de Chauve-ſouris dont les cris & l'obſcurité qu'elles répandirent dans l'air, augmenterent infiniment l'horreur de ce lieu; tout autre que Papillon en eut été effrayé : mais il marcha d'un pas ferme & déterminé juſqu'à la ſeconde grille que ſoixante Negres couverts de grands voiles noirs lui vinrent ouvrir; il voulut leur parler, mais il reconnut que ſon langage leur étoit tout-à-fait étranger : ce tourment qu'il ne connoiſſoit pas encore, de penſer vivement & de ne pouvoir ſe faire entendre, lui rappella triſtement le ſouvenir de la bonne femme Patience; mais ce ne fut pas tout, car il fut encore obligé

de

de se soumettre à ces soixante Negres qui le désarmerent ;
après cette affligeante céremo-
nie, il fut conduit très-civile-
ment par les Ministres noirs dans
un Appartement magnifique où
l'Ebene, le Jay & les tentures
noires brilloient à l'envi : réduit
à parler par signes, il exprima le
besoin qu'il avoit de manger,
& par signes aussi on lui fit entendre que dans quelques heures il seroit satisfait : en effet,
on vint le prendre (toujours avec
autant de respect que de lenteur)
pour le conduire dans une espece de Réfectoire ; il s'y plaça
aussi-bien que tous les Negres à
l'endroit qui lui étoit destiné,
il vit quelques plats posés devant
lui, ils étoient de differentes
couleurs, mais tirant toujours
sur le noir ; il en voulut prendre
un

un pour fatisfaire au plutôt fa
faim, mais il s'apperçut qu'il
étoit comme tous les autres attachés à la table, & il remarqua
que fa nouvelle, mais lugubre
compagnie, fe fervoit d'un chalumeau, & que le plus doucement du monde chacun fuçoit
fa portion; il fallut donc employer le chalumeau qu'il trouva devant lui, & manger d'u-
ne façon fi peu conforme à fa vivacité. Après le foupé, on paffa
dans une falle où les Negres
deux à deux, s'établirent à un
jeu d'échets dont il fut obligé
d'être le témoin; quand on eut
fini la derniere partie qui fut
très-difputée, & par conféquent
infiniment longue, on le conduifit dans fon appartement, toujours avec la même lenteur &
toujours avec le même refpect.
L'ef-

L'efperance de confulter l'Oracle & celle de fortir de ce trifte
féjour , l'éveillerent de grand
matin, il témoigna l'envie qu'il
avoit d'aller au Temple; mais
fans lui rien répondre on le conduifit aux Bains, en lui faifant
entendre qu'il falloit fe purifier:
il fe deshabilla promptement &
voulut fe précipiter dans l'eau,
mais tous les Negres l'arrêterent
& ne lui permirent d'y entrer
qu'à la hauteur d'un pouce; &
ce fut avec bien de la peine &
beaucoup de chagrin pour lui
qu'on lui fit entendre que fon
Bain augmenteroit tous les jours
d'une pareille mefure; quand il
fut convaincu de cette trifte néceffité, il perdit abfolument patience; il conjura, preffa par fignes, & parla même, quoiqu'il
fût bien affuré que l'on n'entendoit

doit rien de ce qu'il difoit,
mais tout fut inutile, il fallut fe
foumettre, & foixante jours fe
pafferent à rendre fon Bain complet. Toujours mangeant avec
un chalumeau, toujours obfer-
vant le filence, toujours conduit
& complimenté lentement, &
toujours voyant joüer aux échets,
le jeu qui de tous lui étoit le plus
antipathique : enfin il parvint au
bonheur d'avoir de l'eau jufqu'au
menton, & le lendemain de cet
heureux jour , les Negres revê-
tus de leurs voiles noirs, ayant
chacun une Chauve-fouris fur la
tête, marcherent à petits pas en
chantant du nez un Cantique
des plus lugubres, ils arriverent
avec le Prince à la grille qui les
féparoit de l'interieur du Temple. A leurs chants, une autre
troupe de Negres, mais qui

mar-

marchoit beaucoup plus lentement encore, vint recevoir le
malheureux Papillon, toute la
difference qu'il put remarquer
entre ce dernier cortege & le
premier, c'est que ceux qui com-
posoient celui-ci avoient chacun
un Corbeau sur le poing dont le
croassement devenoit insupportable ; on prit alors le Prince
sous les bras, moins pour lui
faire honneur que pour le con-
tenir. Après une très - longue
marche, on arriva aux premiers
degrés du Temple ; le Prince
crut être à la fin de ses peines,
mais on fut encore plus de deux
heures à lui donner le voile noir,
après quoi il parvint enfin dans
le Temple où il fut encore au
moins autant de tems spectateur
des differentes prieres que l'on
y fit : l'impatience du Prince s'é-
toit

toit convertie il y avoit déja
long tems en des bâillemens continuels & vrai - femblablement
fcandaleux, mais rien n'étoit capable d'interrompre l'ordre des
céremonies, & quoiqu'il en fût
le principal objet, on ne s'étoit
point du tout occupé de l'ennui
qu'il témoignoit avec fi peu de
modération. L'interieur du Temple étoit comme l'exterieur re-
vêtu du Marbre le plus noir, un
grand rideau tout auffi noir que
le refte, le féparoit en deux parties : après les fumigations les
plus épaiffes, ce rideau fut tiré
& l'Oifeau noir parut dans toute
fa majefté, c'étoit une efpece
d'Aigle, mais beaucoup plus gros
qu'un Roc, il étoit perché fur
une barre de fer qui traverfoit
le Temple. A fon afpect, tous
les Negres fe profternerent,

n'o-

n'ofant foutenir fes regards ;
quand il eut trois fois battu des
aîles , & que trois fois le tems
fe fut éclairci, il prononça dif-
tinctement ces mots dans la Langue de Papillon : *Prince*, *tu ne*
peux être heureux que par ce qui
t'eſt oppoſé. Auſſi-tôt que ces paroles eurent été prononcées, le
rideau fe referma , & tous les
Negres, tant de l'interieur que
de l'exterieur du Temple, vîn-
rent très-refpectueufement le
baifer des deux côtés. Après
cette longue ceremonie, on lui
donna un Corbeau noir fur le
poing , & on le reconduifit tout
auſſi lentement à la grille qui
s'ouvrit comme la premiere fois.
Là il rendit fon Corbeau & fut
remis entre les mains des premiers Negres, une Chauve-fouris
fe plaça d'elle-même fur fa tête,
&

& cette efcorte le ramena à fon
premier gîte pour prendre autant
de Bains en rétrogradant, qu'il
en avoit déja pris. Pour lors il
fut embraffé par les derniers Negres qui le conduifirent fort ci-
vilement à la grille du timbre
noir, & lui rendirent fes armes
avec tous les fignes & toutes les
démonftrations d'amitié poffi-
bles ; il répondit très-mal à leurs
politeffes, car la porte ne fut pas
plutôt ouverte, qu'il fe mit à
courir de toutes fes forces, fans
autre deffein que celui de s'éloigner d'un lieu dans lequel il ne
concevoit pas qu'il eût pû vivre ;
il fe repentit mille fois de la curiofité qui l'avoit engagé à venir
confulter un auffi trifte Oracle
qui ne lui avoit rien appris ; il fit
quelques réflexions (fort courtes
à la verité) fur l'inutilité & les

B 3   in-

inconvéniens de la curiofité.
Après plufieurs jours d'une vie
très-dure & très-pénible, il fortit de la Forêt & fe trouva fur
les bords d'un grand Fleuve
dont il fuivit le cours dans l'efperance de rencontrer quelque
moyen de le traverfer; il étoit
dans cet embarras, lorfqu'un
jour au lever du Soleil il apperçut un objet d'une blancheur
éblouïffante, fon empreffement
redoubla à cet afpect. Il reconnut que c'étoit un Vaiffeau le
plus blanc, le mieux fait & le
plus joli du monde; il étoit
moüillé dans le grand Fleuve,
& fa Chaloupe étoit à terre : le
Prince ne put réfifter long-tems
à l'envie d'en faire ufage, non
plus qu'à celle de vifiter le Bâtiment : Il cria inutilement pour
en faire fortir quelqu'un, & im-
pa-

patienté du silence qu'on y gar-
doit, il fauta légerement dans
la Chaloupe & fe conduifit avec
une extrême facilité, car cette
Chaloupe ne pefoit rien, puifqu'elle étoit de papier blanc auffi-bien que le Vaiffeau ; le Prince
y monta fans aucune difficulté,
& n'y trouvant perfonne il exa-
mina fans obftacles tout ce qu'il
eut envié de voir, & remarquant
qu'il y avoit non feulement un
bon lit, mais encore toutes les
chofes néceffaires à la vie, il réfolut d'en profiter jufqu'à nouvel
ordre. Comme il avoit été fort
bien élevé à la Cour de Gris de
Lin, il fçavoit un peu de tout,
& la néceffité jointe aux connoiffances qu'il avoit acquifes, lui firent trouver une partie des ma-
nœuvres les plus néceffaires. Le
Vaiffeau, le Fleuve, les Campa-

gnes,

gnes, tout ce qui se présenta à
ses yeux lui parut inhabité, la
légereté dont étoit son Bâtiment
répondant à sa vivacité le dé-
dommagea de l'ennui qu'auroit
pû lui causer une aussi grande
solitude ; enfin après quelques
jours de navigation, le courant
du Fleuve l'entraînant toujours
vers son embouchure, il se trouva presque sans s'en être apperçû dans la grande Mer, il ne
l'avoit jamais vûë : l'aspect de
cette immensité d'eau l'étonna,
tout courageux qu'il étoit il fut
effrayé, & voulut rentrer dans
la Riviere, mais les courans plus
forts que lui l'emporterent au
large, & le vent le prenant alors
en poupe lui fit perdre la terre
en fort peu de tems, il se souvint
alors de la défense qu'on lui avoit
fait dans son enfance de badiner

avec

avec l'eau, mais il n'étoit plus
tems; il fentit toute l'horreur de
fa fituation, & ne fçavoit comment fe garantir du péril où fon
peu de réflexion l'avoit expofé,
tout ce qu'il put faire fut de s'impatienter & de s'ennuyer, deux
chofes dont il s'acquittoit mer-
veilleufement bien; pour comble
de maux il fut pris par des cal-
mes, & l'on n'a jamais pû comprendre comment il avoit réfifté
à un état qui déplaît même aux
plus patiens, auffi regretta-t'il
alors le Temple de l'Oifeau noir;
car il y voyoit au moins des
hommes, il leur faifoit des fignes, & l'efperance d'en fortir
le foutenoit dans fes chagrins,
au lieu que dans fon Navire de
papier blanc il n'avoit aucune
efpece de focieté, & ne pouvoit
prévoir comment il feroit déli-

B 5   vré

vré de cette ennuyeufe prifon.
Sa navigation fut extrêmement
longue, & il ne découvroit aucune Terre ; la premiere qu'il
reconnut & dont fon Navire approcha, lui caufa une fi grande
joye, & fon empreffement pour
débarquer fut fi fort, qu'il fe
jetta à la Mer, réfolu de gagner
la côte à la nâge, mais fon projet fut inutile, car fon Vaifleau
fe trouva toujours fous fes pieds
toutes les fois qu'après s'être
précipité dans la Mer il revenoit
au deffus de l'eau. Il fut donc
obligé malgré lui de fe foumettre
aux vents, de fe tenir enfermé
dans fa chambre & de fecher
fes habits au feu d'un réchaud à
l'Efprit de vin qui lui fervoit
pour accommoder les vivres qu'il
trouvoit en abondance & dont
il ne manqua jamais ; cette derniere

niere impatience ne fut pas de
longue durée, le Vaiſſeau arriva
de lui-même dans un Port formé
par la Nature & bordé des plus
grands arbres. Cette vûë en-
chanta le Prince, & quand il fut
auprès de terre il y ſauta legere-
ment, & contre ſon eſperance
il ſe vit enfin délivré de la per-
ſécution de ſon Vaiſſeau; il marcha pour ne le plus voir, traverſa
promptement la plus belle Forêt du monde, & s'arrêta au
bord d'une Fontaine délicieuſe
par la pureté de ſon eau & par
la beauté des Cedres dont elle
étoit ombragée; à peine y fut-il
arrivé qu'il vit une Gazelle preſ-
qu'aux abois qui vint tomber à
ſes pieds en prononçant ces paroles: Ah! Papillon, ſecourez-
moi. Le Prince étonné & touché
de la beauté & de la délicateſſe

B 6   de

de ce petit animal, ramaſſa ſes armes & fut au devant d'un Lion vert qui pourſuivoit la Gazelle avec ardeur. L'intrépide Papillon l'attaqua ; le combat fut vif, mais enfin Papillon demeura vainqueur. Le Lion en tombant ſiffla trois fois avec tant de force que la Forêt en retentit, & que le bruit s'en fit entendre à plus de deux lieuës à la ronde, après quoi ce Lion expira n'ayant apparemment plus rien à faire dans ce monde. Papillon s'embarraſſant auſſi peu de lui que de ſon ſifflet, ſe tourna du côté de la belle Gazelle, & lui dit : Eh bien, êtes - vous contente à preſent ? Puiſque vous ſçavez parler, dites - moi promptement ce que c'eſt que tout ceci & pourquoi vous me connoiſſez ? Il faut que je me repoſe long-tems, lui repli-

pliqua-t'elle, & de plus vous n'a-
vez pas le loifir de m'écouter,
car cette affaire n'eſt pas finie ;
vous êtes trop preſſé, regardez,
continua-t'elle, (ſans s'échauffer davantage) regardez derriere
vous. Papillon ſe tourna promptement, & vit en effet un Géant
qui marchoit droit à lui à grands
pas. Qui Diable, s'écria le Géant
d'une voix formidable, a donc
fait ſiffler mon Lion ? C'eſt moi,
répondit fierement le Prince ;
mais, regarde, il ne ſifflera plus
ſur ma parole. Ah ! mon pauvre
Bibi, repliqua le Géant, quel
malheur ! mon cher petit ami,
mais au moins je puis vanger ta
mort : A ces mots, il préſente à
Papillon le grand Serpent qu'il
tenoit à ſa main, & la ſeule arme
qu'il eût apporté. Le Prince,
ſans s'étonner, porte au Serpent
un

un coup mortel, & dans le moment il devint Géant & le Géant
devint Serpent ; les coups de
Papillon firent jusqu'à six fois
une semblable métamorphose ;
mais enfin le Prince donna un si
grand coup de sabre, qu'il coupa
le Serpent en deux, en ramassa
un morceau & le jetta au nez du
Géant qui tomba sans connoif-
sance dans les pattes du Lion ;
dans ce moment un nüage épais
les déroba à la vûe du jeune
Prince & les enleva avec une
extréme rapidité. Papillon sans
se donner le tems de remettre
son épée, s'adressant à la Gazelle, lui dit : Vous avez à present repris vos sens, vous ne
craignez plus rien ; expliquez-
moi donc ce que vous êtes & ce
que veulent dire ce Lion, ce
vilain Géant, & son camarade le
Ser-

Serpent, mais furtout dépêchez-
vous ? Vous ferez fatisfait, lui
répondit-elle, mais rien ne preffe : je voudrois vous mener au
Château vert, & je voudrois bien
auffi ne pas aller à pied, c'eft
une chofe fi fatiguante, de plus
le Château ne laiffe pas d'être
éloigné ; mettons-nous donc tout
à l'heure en chemin pour nous
y rendre, reprit le Prince avec
impatience, ou bien je vous laif-
ferai-là, vous & votre hiftoire ;
n'eft-ce pas une chofe honteufe
qu'une jeune & jolie Gazelle
comme vous ne puiffe marcher
à pied ? Partons donc promptement, car plus le Château eft
éloigné, & plus nous devons
faire diligence : Allons, allons,
continua-t'il, nous irons doucement, c'eft tout ce que je puis
vous accorder ; d'ailleurs nous
cau-

cauferons en chemin ; faifons
mieux, reprit elle, portez-moi
fur vos épaules, mais comme je
n'aime point que les autres fe
donnent de la peine (& vous
moins qu'un autre) vous me por-
terez, il eft vrai, mais vous mon-
terez fur ce Limaçon; en effet
elle lui en montra un (en éten-
dant à peine la plus jolie patte
du monde) qu'il prit pour un
gros quartier de pierre, tant il
étoit d'une taille énorme; moi,
que je monte fur un Limaçon,
reprit Papillon, vous moquez-
vous, c'eft donc pour n'arriver
que dans un an ? Eh bien, ne le
faites pas, lui répondit la Gazelle, nous demeurerons ici, pour
moi je m'y trouve fort bien, la
Fontaine eft fraîche & l'herbe
eft tendre; mais croyez-moi,
fuivez le confeil que je vous
donne,

donne, & montez. Toute oppofée que la chofe étoit au caractere de Papillon, elle lui parut
fi ridicule qu'il obéït, & après
avoir mis la jolie Gazelle fur fes
épaules ; le Limaçon à fes ordres & aux coups de talon qu'il
lui donnoit fans ceffe, gliffoit
affez paffablément. La Gazelle
lui difoit inutilement que cette
voiture étoit la plus douce qu'elle eût encore trouvé, il n'en
fentoit que la lenteur. Enfin après
une très-longue marche, ils arriverent au Château vert ; tous
ceux qui l'habitoient furent at-
tirés par la fingularité de la marche & de la voiture. La Gazelle
ayant bien voulu qu'on la mît
à terre, reprit fur les degrés du
Periftille une forme auffi douce
qu'aimable, & fit connoître à
Papillon fa belle coufine. La joye
&

& la reconnoissance que la Princesse lui témoigna fut tranquille
& fort douce ; celle du Prince
au contraire fut aussi vive qu'a-
nimée, toutes les femmes avec
lesquelles Nonchalante vivoit
depuis quelque tems accoutu-
mées à deviner, apprirent par
deux ou trois paroles que l'em-
portement de sa joye lui fit prononcer, la défaite du Géant &
les prodiges de valeur de son
cousin. Nonchalante marcha
lentement pour se reposer dans
le grand appartement du Château. Papillon la suivit pour obtenir promptement le récit qu'il
avoit déja demandé, la vûë de
sa cousine le lui faisoit infiniment
désirer, mais il fallut encore
avant que de satisfaire sa curiosité, qu'il reçût les complimens
des Habitans des Terres vertes,
qui

qui par la mort du Géant venoient
le reconnoître pour leur Souve-
rain. Il coupa court à la moitié des
harangues qui étoient toujours
trop longues ; les Complimen-
teurs furent congediés tout auffi-
tôt que la chofe fut poffible, &
Papillon obtint enfin de Nonchalante le récit de fes avantures,
qu'elle commença de cette forte.

Après votre départ, ennuyée
des fatigues du gouvernement
dont on voulut abfolument m'inftruire, je conjurai la bonne Lolotte que vous avez connue, de
m'emmener chez elle, ce fut
avec beaucoup de peine qu'elle
m'accorda cette faveur, mais enfin elle y confentit: elle m'enleva
fur mon Canapé, & je paffai
quelques jours délicieux dans fa
grotte où tout étoit auffi commode que tranquille : elle fut
obli-

obligée d'aller à l'assemblée des Fées, mais elle m'apprit à son retour en fondant en larmes, que les complaisances qu'elle avoit eu pour moi lui avoient couté bien cher, qu'on l'en avoit grondée avec beaucoup de vivacité, & que le Conseil lui avoit ordonné de me mettre entre les mains de Mirlifiche déja chargée du soin de votre personne, & dont la conduite étoit très-bonne à votre égard. Oh oüi, fort bonne, interrompit Papillon, si c'est elle qui m'a causé tous les ennuis que j'ai éprouvés. Vous en jugerez tout à l'heure : continuez, continuez, ma belle cousine, car je sçais ce qui m'est arrivé à moi, mais j'ignore tout ce qui vous regarde. Je fus d'abord très-affligée, reprit Nonchalante, des pleurs de la bonne

Lo-

Lolotte, mais je me confolai enfuite par l'idée des reffources
que fournit la tranquillité, je ne
tardai pas à voir arriver la Fée
Mirlifiche montée fur fa grande
Licorne; elle s'arrêta devant la
grotte que nous habitions, &
me demanda à la bonne Lolotte
dont les pleurs redoublerent
dans cet inftant; mais ne pouvant me refufer, elle me prit dans
fes bras, me donna plufieurs
baifers de nourrice, & me mit
elle-même en croupe derriere la
Fée : Tenez - vous bien, petite
fille, me dit Mirlifiche, fi vous
ne voulez pas vous caffer le cou;
effectivement j'eus befoin de toutes mes forces pour ne pas tomber, car fa vilaine monture alloit un trot fi rude que fouvent
je perdois haleine. Nous trot-
tâmes cependant un très-long-
tems,

tems, & quand nous fumes arrivés à une groſſe Ferme, le Fermier & la Fermiere accoururent
au devant de la Fée d'auſſi loin
qu'ils la virent, & l'aiderent à
deſcendre de ſa Licorne ; j'ai ſçû
depuis qu'ils étoient Rois & Reines, & que les Fées les avoient
réduit à cet état, autant pour les
punir de leur ignorance & de
leur pareſſe, que pour tâcher de
les en corriger. Quand Mirlifiche
fut deſcenduë, & que l'on m'eut
portée à terre preſque morte de
fatigue, elle voulut abſolument
que je donnaſſe les ſoins néceſſaires à ſa Licorne. Pour cet
effet, elle m'ordonna de monter
au grenier au foin, où l'on n'alloit que par une échelle, & de
lui apporter l'une après l'autre
quatre-vingt poignées de foin
pour la nuit de ſa monture ; je
n'ai

n'ai jamais reſſenti une auſſi grande laſſitude , & je frémis encore
quand j'y penſe, cependant j'o-
béis ; j'apportai devant elle les
quatre-vingt poignées de foin,
je les reportai enſuite par ſon ordre de la même façon dans l'E-
curie; ce ne fut pas tout, on me
fit travailler au ſoupé , & quand
il fut achevé je crus en être quitte & pouvoir joüir paiſiblement
d'un petit lit que la Fée avoit
fait apporter auprès du ſien.
Point du tout, je fus non-ſeulement obligée de le préparer (car
il n'étoit pas fait) mais encore
celui que l'on avoit apporté pour
Mirlifiche ; j'aurois cent fois pré-
feré le ſommeil que j'aurois pris
ſur une chaiſe, plutôt que dans
un lit qui me coutoit tant de
peine; mais il fallut obéïr, fer-
mer les rideaux de la Fée , & lui
rendre

rendre mille services qui ne fi-
nissoient point & auxquels je
n'étois point du tout accoutu-
mée; enfin n'en pouvant plus,
& ne sçachant pas encore me
deshabiller toute seule, je me
jettai sur mon lit dans l'état où
j'étois; la Fée qui s'en apperçut,
me tira des charmes d'un premier
sommeil pour me faire deshabiller, mais malgré ses menaces
je ne laissai pas d'en garder une
partie, je fus assez heureuse pour
qu'elle ne s'en apperçût pas, &
je vous dirai confidemment que
je me suis toujours assez bien
trouvée de la désobéïssance:
On est, il est vrai, souvent grondée,
mais on gagne toujours quelque
chose du côté de la peine. Dès le
point du jour, Mirlifiche me ré-
veilla & m'obligea de me lever
pour aller sçavoir comment se
por-

portoit fa Licorne & pour lui
rendre compte du foin qui lui
reftoit à manger ; elle réïtera fes
ordres, & me contraignit de faire plufieurs voyages, tantôt pour
l'inftruire du tems qu'il faifoit,
tantôt pour l'informer de l'heure ; je m'acquittai fi mal, & j'e-
xécutai fi lentement fes ordres,
qu'avant de partir elle appella le
Roy & la Reine qui l'avoient re-
çûë avec le plus profond refpect.
Princes, leur dit-elle, en mon-
tant fur fa Licorne, continuez à
faire bien valoir votre Ferme,
fi vous voulez remonter fur le
Trône, je fuis plus contente de
vous cette année ; mais je vous
laiffe cette petite Princeffe, en
me montrant à eux, faites-la-
moi travailler d'importance, &
que je la trouve corrigée ? Autrement..... Elle n'en dit pas da-

vantage, piqua sa monture, &
dans un instant disparut à nos
yeux; le Roy & la Reine se
tournant alors de mon côté, me
demanderent ce que je sçavois
faire, *rien du-tout*, répondis-je
d'un air qui devoit assurément
les persuader : malgré cette réponse, ils entrerent dans le détail & le choix des occupations,
pour sçavoir laquelle seroit plus
de mon goût; mais je les assurai
toujours que je n'en avois point
d'autre que celui de ne rien faire, & je finis par les conjurer de
me laisser dormir. Ils eurent non-
seulement la bonté d'y consentir, mais encore celle de m'apporter à manger dans mon lit, dont
je ne voulus pas sortir de tout
le jour; le lendemain au matin,
la bonne Reine me vint trouver,
& me dit d'un air embarassé:
Ma

Ma belle Enfant, il faut nécef-
fairement vous réfoudre à vous
lever, je fçais bien que c'eft une
jolie chofe que de ne rien faire,
telle que vous me voyez, je le
fçais par moi-même ; car enfin,
quand nous étions Rois & Reines, nous ne faifions rien, mon
mari & moi, mais je dis, rien du
tout, & j'efpere bien qu'un jour
viendra que nous en ferons tout
autant, mais nous n'en fommes
pas là, ni vous ni nous ; vous
avez entendu ce que la Fée nous
a dit en partant, vous nous fe-
riez gronder, & peut-être vous
nous expoferiez à pis encore fi
nous ne vous faifions pas travailler : ainfi, levez-vous, mon Enfant, car mon mari l'a réfolu
comme cela ; nous n'avons parlé
que de vous hier au foir, & même toute la nuit ; allons, venez

déjeûner, j'ai de la bonne crême
qui vous attend; ce ne fut pas
encore fans peine que je fuivis
fon confeil, & tout alla bien
jufqu'au déjeûné. Quand il fut
achevé l'on agita de nouveau ce
que l'on me donneroit à faire;
mais je difois toujours, croyez-
moi, ne me chargez de rien:
enfin la Reine accommoda plus
de quatre livres de chanvre autour d'une groffe quenoüille
qu'elle accompagna d'un fufeau,
en m'envoyant garder les Moutons, & en m'affurant que cet ouvrage étoit d'autant plus agréable, que je me repoferois tant
que je le voudrois; quelque fé-
duifante que pût être fa pro-
meffe, je fis encore de nouvelles
repréfentations, mais elles furent inutiles, & je fus obligé de
partir; je ne marchai pas long-
tems

tems fans trouver une ombre
charmante, l'endroit me parut
délicieux, je m'affis fur une herbe tendre, & me faifant un che-
vet de ma quenoüille, je me
couchai tout comme j'aurois fait
s'il n'y avoit point eu de Moutons dans le monde ; pour eux,
ils fe conduifirent comme s'il n'y
avoit eu perfonne pour les garder, ils fe répandirent à leur volonté dans la campagne, en fou-
rageant tous les grains ; les Pay-
fans du Canton étoient trop in-
tereffés au dégât pour le paffer
fous filence : au bruit qu'ils firent, le Roy & la Reine forti-
rent de leur Ferme, & voyant
ce qui fe paffoit ils fe mirent à
courir après leurs Moutons,
avec d'autant plus de raifon,
qu'on vouloit leur faire payer le
défordre. Pour moi j'étois tran-

C 3　quille,

quille, je les regardois courir,
& j'y ferois encore (car j'étois
fort à mon aife) fi le Roy & la
Reine tout effoufflés de leur
courfe ne m'euffent apperçû dans
cette fituation ; ils m'obligerent
à me lever & m'ordonnerent de
les fuivre, ce qui ne fe paffa pas
fans éprouver beaucoup de reproches de leur part, on me
chargea par la fuite, comme
vous pouvez penfer, de toute
autre chofe que du foin de garder les Moutons, mais je m'en
acquittai toujours de la même
façon ; enfin je fçus fi bien mettre au défefpoir les gens du
monde les plus patiens, que craignant un jour que la Reine ne
me battît, je fortis de la Ferme
pour éviter fa colere, & je trouvai devant moi le bateau qui fervoit à pêcher dans la petite Riviere

viere qui traverfoit la Ferme ;
à peine y fus-je affife, que le courant de l'eau m'emmena tout
doucement, je ne m'y oppofai
point, & je m'embaraffai fort
peu de la Reine qui me fuivoit
en criant comme un Aigle : Eh !
mon bateau, mon bateau ; venez donc mon mari, la petite
fille l'emmene, elle fe laffa à la
fin de le fuivre & de crier, &
moi je me laiffai aller au gré du
courant de la Riviere ; je trouvai la chofe fi douce & fi jolie,
que je paffai la nuit dans cette
fituation, j'y aurois paffé ma
vie fi au lever du Soleil mon
bateau ne fe fût arrêté fur les
bords d'une Prairie charmante ;
le befoin plus que la curiofité,
me contraignit à m'approcher
de quelques maifons d'une forme très-finguliere ; quand j'eus

mar-

marché quelques pas, j'apperçus en l'air un nombre infini de choses brillantes qui n'étoient attachées à rien, & qui cependant demeuroient fixes ; je marchai de ce côté, & je me trouvai tout auprès d'un cordon de soye qui pendoit jusqu'à terre, je le pris parce qu'il se trouva sous ma main, & dans un instant toutes les sonnettes d'argent, (car c'étoit ce que j'avois apperçû de brillant) formerent le plus joli & le plus agréable de tous les carillons ; je m'assis pour l'écouter, & quand il eut cessé il vint autant d'Oiseaux qu'il y avoit de sonnettes se poser sur chacune d'elles ; ils chanterent d'une façon ravissante, & quand cet agréable concert fut fini, je vis venir à moi une grande & majestueuse femme d'un âge assez

avancé

avancé & d'un embonpoint confiderable, elle étoit fuivie de
tous les Oifeaux de l'Univers;
les uns groffiffoient fa Cour, &
les autres étoient occupés auprès
d'elle à toutes les fonctions dont
la vanité a fait un fervice ordinaire. Dès qu'elle fut auprès de
moi elle me dit : Qui vous a
donné la hardieffe, petite fille
que vous êtes, de venir ici où
je ne fouffre pas un Habitant à
plus de cent lieuës à la ronde,
dans la crainte d'effaroucher mes
Oifeaux ? encore fi vous étiez
bonne à quelque chofe, continua-t'elle, en me regardant, je
verrois à quoi je pourrois vous
employer : Madame, lui dis - je
en me relevant, vous pouvez me
laiffer ici en toute fureté, certainement je n'irai pas dénicher vos
Oifeaux, mais par pitié daignez

C 5   me

me faire donner à manger: J'y
consens, me répondit-elle, avant
que de vous traiter comme vous
le méritez ; pour lors une demi-
douzaine de Geais que je jugeai
être ses Pages, volerent à la
grande Voliere qu'elle habitoit,
& revinrent chargés de toutes
sortes de biscuits que je trouvai
parfaitement bons ; en un mot
je fus servie à merveilles, mais
avec trop de promptitude & de
vivacité, car je n'aime point à
me presser ; je trouvai sur toutes
choses le fruit charmant & délicieux, car les Oiseaux s'y connoissent à merveilles : je me sen-
tis une si grande envie de demeurer dans ce Pays que je ne
pus m'empêcher de la témoigner
encore une fois à la Dame qui
me traitoit si bien. Vous ! me répondit-elle, avec un air de mépris

pris & d'ironie : Vous ! demeurer
ici, dans un Pays où tout eft auffi
vif. Vrayement non, vous n'y
penfez pas, continua-t'elle, &
ce n'eft pas là non plus ce que
je veux faire de vous, j'ai rempli
les devoirs de l'hofpitalité, &
c'eft tout ce que vous aurez de
moi. Alors elle tira avec beaucoup de vivacité le cordon de
foye dont j'ai déja parlé, & bien
loin de produire ces fons en-
chanteurs qui m'avoient fait un
fi grand plaifir, elle mit en branle
une cloche dont le fon terrible
m'épouvanta ; un inftant après je
vis paroître un Oifeau noir d'une
taille monftrueufe qui abbattit
fon vol aux pieds de la Fée, &
qui lui dit avec une voix propor-
tionnée à fa taille : Que voulez-
vous, ma fœur ? je veux, lui dit-
elle, que vous emportiez tout à

C 6　　l'heure

l'heure cette belle Nonchalante à
mon coufin le Géant du Château
vert; vous lui direz de ma part
de la faire travailler jour & nuit
aux belles Tapiſſeries qu'il fait
faire. A ces mots, malgré mes
cris, l'Oiſeau noir m'enleva, &
partit d'un vol rapide. Bon, dit
Papillon, vous vous moquez,
ma coufine, dites donc des plus
lents, je le connois ce vilain Oiſeau noir, & jamais lenteur n'é-
gala celle dont il eſt environné;
il en fera tout ce que vous voudrez, répliqua Nonchalante, je
n'aime pas à diſputer, ce n'eſt
peut-être pas le même que vous
connoiſſez, mais enfin celui-là
m'emporta prodigieuſement vîte, & me poſa fort doucement
dans ce Château dont vous êtes
à préſent le maître; nous entrâ-
mes par une des fenêtres qu'il
trouva

trouva ouverte, & quand il
m'eût prefenté de la part de la
Fée des Oifeaux, au Géant dont
vous avez eu la bonté de me
défaire, il partit en difant : adieu,
coufin, jufqu'au revoir ; à peine
avois-je eu le tems de confiderer
le lieu dans lequel je me trouvois,
que le Géant me dit ; vous êtes
donc une pareffeufe, puifque l'on
vous envoye ici : nous en avons
fait travailler d'autres ? Voyez,
ajouta-t'il, comme tout cela eft
occupé ; je levai les yeux pour
lors, & je vis dans une gallerie
immenfe, des métiers, des devi-
doirs, des laines, des deffeins,
&c. Il y avoit tel métier fur lequel plus de douze perfonnes
étoient occupées, cet afpect me
fit évanoüir ; quand j'eus repris
mes fens, on me demanda ce
que je fçavois faire : ce fut en
vain

vain qu'avec une extrême bonne
foi, & la plus grande envie de
perſuader, je répondis comme
j'avois fait dans la Ferme, *rien.*
Le Géant me dit à cela que l'on
m'inſtruiroit, & qu'il y avoit de
l'ouvrage pour tout le monde.
On travailloit dans le Château
à faire des Tentures de Tapiſſeries de tous les Contes nouveaux
que les Fées approuvoient le
plus. Le Roy Guillemot, Na-
bottine, Silentieux, & Babillarde
Viollette paroiſſoient dans tout
leur éclat. On voulut me faire
travailler, mais des premieres
claſſes où l'on m'avoit mis en
arrivant, on me fit toujours deſcendre juſqu'aux ouvrages les
plus ſimples ; on me donna vainement les pénitences qui réüſ-
ſiſſoient le plus ordinairement
ſur les autres, & ce fut auſſi
vai-

vainement que le Géant me fit
voir sa Ménagerie, elle étoit
prodigieusement grande & composée de tous les enfans qui n'a-
voient pas voulu travailler, tout
cela ne me fit aucune impression,
& je fus enfin réduite à tirer de
l'eau pour la teinture des Laines;
comme je ne m'en suis pas mieux
acquitté que des autres choses,
le Géant s'est emporté ce matin
contre moi, & m'a fait prendre
la forme d'une Gazelle : tout de
suite il m'a conduit à sa Ménagerie, & la timidité naturelle de
cet Animal l'a emporté en moi
sur le goût que j'ai pour le repos, la vûë d'un chien m'a fait
prendre la fuite, & je suis sortie
de la cour du Château; le Géant
a craint de me perdre, il a lâché
son Lion vert après moi, avec
ordre de me ramener à quelque
prix

prix que ce fût ; mais cependant
je me ferois peut-être laiffé
prendre ou dévorer, plutôt que
de courir fi long-tems, fi mon
bonheur ne m'eût fait vous rencontrer à la Fontaine.

La Princeffe termina le récit
de fes avantures par l'éloge du
repos & d'une vie douce & tranquille ; mais Papillon l'affura
qu'il n'étoit que trop demeuré
en place, & que depuis qu'il ne
l'avoit vûë, il avoit éprouvé des
fituations qui ne l'avoient point
du tout amufé, & tout de fuite
il lui conta fort vîte l'hiftoire de
la bonne Femme, celle de l'Oifeau noir, & lui fit le récit de
fon voyage dans le Vaiffeau de
papier blanc ; enfuite ils donnerent l'un & l'autre la liberté à
tout ce qui fe trouva dans le
Château & dans la Ménagerie,
dont

dont les Animaux avoient repris leurs premieres formes de Princes & de Princesses au moment du combat du Géant. Ils partirent en leur donnant mille bénédictions ; Nonchalante les conjura de ne plus travailler, & fit bruler tous les métiers, elle accompagna la liberté qu'elle leur accorda, de présens magnifiques qu'une de ses Femmes leur distribua. Cependant Nonchalante & Papillon n'étoient pas d'accord sur l'exécution de leurs projets, & quoique tout leur fût soumis dans le Château vert, on obéïssoit lentement à tout ce que Papillon ordonnoit, & l'on alloit très-vîte au devant de ce que Nonchalante ne désiroit souvent pas ; mais enfin ils s'accoutumerent à se confier leurs peines, & condamnerent

fans

sans s'en appercevoir, tout ce qui déplaisoit à l'un & à l'autre, ensuite ils en vinrent à s'en consoler, & ils ne furent pas long-tems sans se prêter réciproquement au caractère l'un de l'autre : ils parvinrent aisément à l'applaudissement, & de l'applaudissement au sentiment, ils n'eurent qu'un pas à faire, car c'est ainsi que le cœur séduit toujours l'esprit, on croit aimer, & l'on aime en effet ce qui nous étoit naturellement opposé ; les progrès de leur sentiment furent si prompts que Papillon demeuré vif pour la seule Nonchalante étoit indifferent pour tout le reste de la Nature, & que Nonchalante ne l'étoit plus pour aucun objet ; Papillon fit construire une feuillée dans un des bosquets du Parc,

Parc, & comme il avoit long-
tems parcouru les Forêts, il
avoit remarqué l'antipathie que
tous les Oiſeaux ont pour le
Hibou, car les gens vifs retrou-
vent tôt ou tard les idées dont
ils ont été frappés ſans y faire
aucune attention ; il imagina
donc le premier le plaiſir d'une
pipée, qui ſans donner aucune
peine, pouvoit plaire à ſa belle
couſine , & lui procurer en
même tems la ſatisfaction de
donner la liberté aux malheureux Oiſeaux qui venoient de la
perdre. Nonchalante de ſon côté propoſa le prix des courſes de
Chevaux dont elle varia infiniment les eſpeces ; Papillon ne
penſant plus qu'aux plaiſirs tran-
quilles, faiſoit planter des Boſ-
quets , donnoit des Fêtes ſur
l'eau qu'il faiſoit terminer par
des

des Pêches magnifiques & ga-
lantes, & la Princesse imaginoit
des Chasses, des Danses & tout
ce que le mouvement pouvoit
inspirer d'agréable, non sans y
trouver des plaisirs infinis & sans
partager les peines & les fatigues dont ils sont toujours ac-
compagnés ; l'on peut croire aifément que leurs sentimens joints
à la solitude du Château vert &
à l'autorité dont ils joüissoient
dans un âge aussi peu avancé,
auroient peut-être conduit leurs
affaires avec une diligence peu
convenable, si les Fées toujours
attentives à leurs démarches &
à leurs interêts particuliers, ne
fussent arrivées pour en rallentir
les progrès ; elles furent piquées
que l'amour eût fait en un instant ce que tout leur art & leurs
réflexions n'avoient pû produire,

elles

elles résolurent donc d'un commun accord, de mettre leurs
sentimens à de dures épreuves
& de tourmenter ces jeunes
Amans; c'est ainsi que les Fées
ne pouvant plus éprouver les
douceurs de l'amour, & faisant
leur possible pour le détruire
malgré l'experience du contraire
travaillent toujours à l'animer.
Pour réüssir dans leur nouveau
projet, elles donnerent à Nonchalante l'apparence de la fiévre
la plus ardente, & à Papillon
celle de la langueur la plus excessive; elles leur persuaderent
aisément la grandeur du danger
auquel ils étoient exposés, & leur
causerent la plus vive des inquiétudes. Pour lors Mirlifiche attentive au moment de les trouver
séparés leur apparut, & s'adressant d'abord à Nonchalante:

Pa-

Papillon, lui dit-elle, me paroît bien malade, hélas oüi, Madame, lui répondit la Princesse fondant en larmes, il se meurt, envoyez-moi chez le Roy Fermier, faites revivre le Géant, & vous verrez comment je sçaurai leur obéir, me voilà soumise à tout, mais guériffez-le, je vous en conjure; si vous voulez, lui repliqua gravement la Fée, sauver la vie à Papillon, il ne tient qu'à vous, partez dans le moment, & ne négligez rien pour trouver la Souris qui trotte & le Pinçon qui volle; apportez-les moi, & fongez que le tems preffe : à peine eut-elle achevé de parler, que Nonchalante étoit déja sortie du Château vert. Peu de tems après la Fée eut une semblable conversation avec le Prince qui la conjura le plus tendrement

du

du monde, de lui faire tout souffrir, pourvû qu'elle secourût sa
belle cousine ; il l'assura que les
Oracles noirs, les Navires de
papier blanc ne seroient plus des
obstacles, si par ce moyen il
obtenoit d'elle la grace qu'il lui
demandoit avec tant d'ardeur,
Mirlifiche convint de l'état dan-
gereux auquel la Princesse étoit
réduite ; mais en même tems,
elle l'assura que s'il lui pouvoit
donner la Taupe couleur de
Rose, elle se flattoit de la guérir : Papillon ne voyant que le
danger de Nonchalante, sortit
aussi du Château, & prit par
hazard une route opposée à celle que suivoit sa belle cousine :
Voilà donc nos Amans differem-
ment occupés, la Princesse ne
cherchant que les Bois, toujours
courant & toujours écoutant,

se

fe donnoit un mouvement continuel pour trouver, & qui plus
eſt pour attraper deux Animaux
qui lui paroiſſoient bien difficiles
à ſurprendre, mais elle cherchoit
cependant avec empreſſement &
ſans relâche : le Prince au contraire avoit les yeux continuellement fixés ſur les Prairies, &
toujours attentif au mouvement
de toutes les Taupes; il marchoit
lentement ſur la pointe des
pieds, en retenant ſon haleine,
très-ſouvent il étoit immobile au
point qu'on l'auroit pris pour
une belle Statuë. Si le deſir de
réüſſir n'a pas toujours donné les
talens, on peut aſſurer qu'au
moins c'eſt à lui que l'on en doit
la perfection. Auſſi dans un eſpace de tems fort médiocre,
aucune Taupe n'échapoit au
Prince ; mais quelle étoit ſa douleur,

leur , & combien fon inquiétude
fe trouvoit-elle augmentée , en
voyant celles qu'il prenoit avec
tant de peines , noires comme
elles le font ordinairement? Bien
loin de s'impatienter, il fembloit
à chaque inftant prendre de
nouvelles forces pour continuer
une chaffe auffi trifte. Mais ces
traits de patience & de vivacité
qu'ils pouffoient l'un & l'autre à
l'excès , font les miracles ordinaires de l'amour. La recherche
qu'ils faifoient d'une façon fi fort
oppofée à leur caractere , ne fut
intérompuë par aucun évenement ; ils ne reconnurent pas
même le Pays où ils étoient par-
venus. Quand on eft occupé
pour ce que l'on aime , & fur-
tout pour fe fauver d'un danger
que l'on croit éminent , que
voit-on ? ou qu'arrive-t-il qui

puiffe caufer la moindre diftrac-
tion ? Auffi le Prince & la Princeffe n'en éprouverent-ils aucune : Ils s'écrierent tous deux au
même inftant : *A la fin je vous*
tiens , tout ce que j'aime ne fera
plus en danger. Au fon de leurs
voix dont ils furent frappés , ils
tournerent la tête , & fe reconnurent. Pour lors ne penfant
plus qu'au plaifir de fe voir , ils
abandonnerent l'idée de ce qu'ils
cherchoient avec tant de peines
& tant de foins , ils oublierent
toutes les chofes qu'ils avoient
à fe dire ; & la furprife qu'ils
éprouverent , les empêcha de
prononcer une feule parole ;
mais pendant le délicieux filence qu'ils obfervoient , le bon Roi
Gris-de-Lin qui fe promenoit
triftement feul , & comme à fon
ordinaire (car c'étoit auprès de
fon

ſon Parc que nos Amans étoient
arrivés ſans qu'ils s'en fuſſent apperçus) le bon Roi, dis - je, les
reconnut ; & courant à eux, il
ſuſpendit pour quelques momens
le charme avec lequel ils ſe
voyoient ; quelque grande que
fut leur joye en retrouvant un ſi
bon Pere (en effet, Papillon
n'en connoiſſoit poínt d'autres)
elle ne les empêcha pas de ſen-
tir dans le moment la perte qu'ils
venoient de faire; car au lieu de
retrouver auprès d'eux le Pinçon, la Souris & la belle Taupe,
ils n'apperçurent qu'une belle
Femme qu'ils ne connoiſſoient
pas, l'Oiſeau noir & le Géant ;
à la vûë de cette beauté, Gris-
de-Lin tomba évanoüi dans ſes
bras ; c'étoit la belle Santorée
qui n'avoit été qu'enlevée, &
dont l'enlevement fait peut-être

partie de quelqu'autre Conte :
Enfin ne pouvant réfifter au bonheur qu'elle éprouvoit, après
une fi longue & fi cruelle féparation, elle perdit auffi connoiffance. Dans le tems que leurs
enfans fe donnoient auprès d'eux
des foins dignes de la bonté de
leur cœur, l'Oifeau noir, & le
Géant reprirent leur ancienne
figure de Génies, & ce même
inftant marqué par les deftinées
pour d'auffi grands évenemens,
vit accourir dans leurs Chars
Mirlifiche & Lolotte : Elles firent
revenir les Princes de leur éva-
noüiffement ; & cette Compagnie contente de retrouver ce
qu'ils aimoient (car les Génies
étoient fort attachés à leur figure naturelle) fe rendit au Palais,
où l'on célebra les nôces de
Nonchalante & de Papillon. Les
Fées

Fées & les Génies n'épargnerent
rien pour les rendre magnifiques & brillantes : ils employe-
rent pour y réüſſir tous leurs ſe-
crets & leur eſprit ; mais ce qui
fut préférable à ce prodigieux
éclat, dont le cœur ne peut être
que foiblement touché, c'eſt que
l'amour les rendit charmantes
par ſes plaiſirs ; après une auſſi
belle union, la belle Santorée &
Gris-de Lin ne voulurent plus ſe
mêler d'aucune affaire, & ſe retirerent dans un lieu tranquile ;
ſuffiſamment occupés pendant le
cours de leur vie , de tous les
ſentimens de l'eſtime la mieux
fondée, & de la plus vive tendreſſe, leurs enfans les imiterent dans
leur façon d'aimer, c'eſt-à-dire ,
qu'ils rendirent leurs peuples heureux, & par conſéquent le furent
eux-mêmes.

D 3　LE

LE PALAIS
DES IDÉES.

CONTE.

IL y avoit autrefois un Roi &
une Reine, qui laifferent un
Fils & un Royaume fous la tutelle de la Fée Minatine. Elle
étoit bonne & bien - faifante ; le
Royaume fut donc très bien gouverné, & le Prince nommé Conftant, très-bien élevé.

Quand il eut atteint un certain âge, la Fée confentit au dé-
fir qu'il eut de voyager. Cette
école où tout le monde fe dé-
voile en action, eft peut-être la
plus utile de toutes ; les Princes
font ceux qui en auroient le plus
de

de befoin , & qui en font le moins d'ufage.

Quand le jour fixé pour le départ du Prince fut arrivé , Minatine fe fépara de lui avec une douleur infinie ; elle ne lui recommanda nulle autre chofe que celle d'éviter les charmes de Rofanie. Conftant le promit à fa bonne Amie, & partit bien perfuadé que rien au monde ne pourroit lui faire manquer de parole. Le nom de Conftant, mais plus encore les agrémens de fa figure, lui firent éprouver les bontés d'un grand nombre de jolies femmes dans les Pays qu'il parcourut. Il avoit cru connoître l'Amour , mais il n'en connoiffoit que l'abus que l'on en fait , & que la vanité dont on eft fufceptible à un certain âge. Content des conquêtes qu'il avoit faites ,

D 4   enflé

enflé de ses succès, il oublia insensiblement la parole qu'il avoit
donnée à Minatine ; tout ce qu'il
apprenoit de merveilleux & de
charmant de Rosanie , le détermina à juger par lui-même de la
vérité des récits qu'il en avoit
entendu faire , & qu'il croyoit
au dessus de la nature humaine.

Il laissa la nombreuse suite qui
l'accompagnoit à quelques jour-
nées de la Ville capitale où Rosanie faisoit son séjour. Il s'y rendit *incognitò* : il arriva précisément le jour que l'on célebroit
la Fête des Fleurs. L'usage du
Pays ordonnoit à l'Héritiere de
l'Empire, ou bien à la premiere
Princesse du Sang, de présider à
la Fête du Printems , & de paroître à la tête de toutes les jolies personnes que l'on rassembloit avec soin dans le Royaume ;

me ; car dans ce Pays (la feule
Famille Royale exceptée ,) l'a-
dreffe & la valeur étoient la
nobleffe des hommes ; les graces
& la beauté des femmes étoient
leurs titres & leur dot. Celles
qui compofoient la fuite de la
Princeffe , ne pouvoient avoir ni
plus de feize ans , ni moins de
douze. Il y avoit une femaine
fixée pour cette Fête, & dans
cette femaine , on choififfoit le
plus beau jour pour la célebrer.
On jugeoit au lever de l'Aurore
de la férenité de l'air ; les Haut-
bois , les Mufettes avertiffoient
toute la Ville par des chants
tendres & gais que la Cérémonie fe devoit faire. Conftant arriva donc au moment que toute
la Ville fortoit pour voir un Spe-
&acle préférable à tous ceux de
l'Univers , puifque celui-ci avoit

D 5　tous

tous les Printems de la Nature
pour objet. Le Prince fuivit la
foule , & s'arrêta comme tout le
monde. Quand il fut arrivé dans
une Prairie qui s'élevoit par une
pente douce. Le plus élevé de
ce terrain , étoit orné d'une dé-
coration de Fleurs, au milieu de
laquelle paroiſſoit un Trône de
pareille ſtructure , fur lequel
Conſtant apprit que Roſanie é-
toit aſſiſe.

A proportion de leur beauté ,
les Filles étoient aſſiſes plus ou
moins près de la Princeſſe ; toutes
les autres qui compoſoient cette
aimable Fête au nombre de plus
de deux mille , formoient fur
des gradins femés de Fleurs, un
Amphithéâtre , dont le milieu
étoit ſuffiſamment eſpacé. Toutes ces Beautés parées de leurs
cheveux , vêtues de Gazes , &
de

de toutes les choses simples qui
pouvoient les rendre agréables,
étoient coëffées de Fleurs; enfor-
te que tout à la fois l'odeur de ces
parfums naturels , & la vûe de
tant d'agréables objets enchan-
toient les regards,& répandoient
dans le cœur cette volupté si
bien connue sous le nom de Fille
du Ciel, & que les hommes doivent rechercher avec un si grand
soin. Constant parcourut des
yeux une Assemblée plus brillante que l'Olympe ne put jamais l'être. Il fit le tour intérieur de l'enceinte ; & quand il
fut en face de Rosanie, il en fut
ébloüi : Elle joignoit à toutes les
graces de sa figure , ce contentement que donne la certitude
de ne pouvoir être effacée par
aucune autre Beauté , & cette
tranquillité de l'ame qui sied si

D 6   bien

bien au vifage. Elle s'apperçut aifément de l'impreffion qu'elle faifoit fur le jeune Etranger. La moins coquette des Femmes n'ignora jamais les effets de fa beauté. Les appels d'un Hérault retirerent le Prince de l'admiration, où la vûe de tant de charmes le tenoient comme enfeveli. Le Hérault proclama les exercices de la jeuneffe, & cria que la Beauté à laquelle on étoit attaché, ou celle qui paroîtroit la plus agréable, feroit le prix de la force ou de l'adreffe que l'on alloit montrer aux yeux de l'Affemblée, en fe foumettant cependant aux ufages du Pays, & à la décifion de la Princeffe, qui feule pouvoit en ordonner. Par un mouvement dont il ne fe donna pas le tems de fe rendre compte à lui-même, Conftant fe pré-

préfenta le premier fur les rangs
avec cette vivacité que l'amour
& la jeuneffe peuvent feules infpirer. Il gagna tous les prix,
mais avec une fupériorité & une
diftinction dont tous les Specta-
teurs furent auffi furpris que les
vaincus confternés.

Il vint aux genoux de Rofanie recevoir les prix qu'il avoit
gagné d'une façon fi diftinguée;
pour lors la voyant de plus près,
fon admiration ne lui laiffa que
l'ufage de la vûe. Quand il fut
aux pieds du Trône, Rofanie lui
dit qu'il pouvoit choifir celle de
toutes les Beautés qui l'environ-
noient. Conftant lui répondit
avec empreffement : Je ne fuis
flatté d'être vainqueur, que parce que je vais être couronné de
votre main ; & je ne fuis fenfible
à la victoire, qu'autant que l'a-
vantage

vantage que je viens de rempor-
ter peut me mettre à portée d'ê-
tre votre Esclave. Vous ignorez
les usages de ce Pays, lui répondit la charmante Rosanie ; les
Princesses ne choisissent pas plus
dans ce Pays que dans les autres : il ne leur convient d'être
préferées qu'à leurs semblables,
vous oubliez votre rang & le
mien : Elle prononça ces dernie-
res paroles avec autant de fierté
que de hauteur.

Cette aigreur qui commençoit
leur premiere entrevuë , a souvent été le commencement des
plus grands attachemens. Le
Prince rougit de l'état de simplicité dans lequel il paroissoit
aux yeux de celle qu'il adoroit
déja. L'amour propre l'engagea
presque à se déclarer.

Rosanie surprise à son tour de
la

la rapidité de ſes triomphes, lui
dit (en le couronnant de ſa propre Couronne de Fleurs , parce
que le Maître des Cérémonies
n'avoit point trouvé ſur ſes Re-
giſtres , ni l'exemple d'un Vainqueur auſſi déſintéreſſé , ou plutôt auſſi témeraire , ni celui de
toutes les victoires remportées
par le même homme , & qu'une
demie douzaine de Couronnes
auroient un peu trop chargé la
tête du Vainqueur ;) Roſanie
donc en accordant une telle faveur au Prince , lui dit: Choiſiſ-
ſez de toutes ces Beautés , il n'en
eſt point qui ne puiſſe être à vous
dans ce même moment.

Cette offre eſt inſultante, s'é-
cria le Prince. Que vous ſçavez
mêler d'amertumes aux bontés
que vous avez pour moi ! Je
n'aurois pas diſputé le prix ſi je
n'avois

n'avois cru que ce prix étoit un moyen de vous acquerir; & sans le secours de cette idée, il est certain que je n'aurois pas triomphé. Disputez entre vous l'honneur de posseder ces Beautés, dit-il à l'Assemblée, je n'ai combattu que pour l'honneur : Il dit ces mots en se retirant, & les prononça avec cette aigreur de l'amour mécontent & révolté.

Les exercices ayant recommencé par son désistement, il ne put s'empêcher de se mêler dans la foule, ni résister au désir de venir s'ennyvrer de nouveau du plaisir de regarder Rosanie.

Quand la Cérémonie fut finie, & que les Mariages eurent été célebrés selon l'usage ordinaire, le Prince se retira, & vint chercher une retraite dans le Fauxbourg le moins fréquenté de la Ville.

Ville. Il envoya fur le champ l'E-
cuyer, qui feul l'avoit fuivi, chercher fon Equipage & fes Gens.

Il eft aifé de croire que l'on
parla du bel Etranger dans toute la Ville ; fon adreffe & fa force
furent le fujet des converfations.
Les Beautés qu'il avoit mépri-
fées, trouvoient toutes des raifons pour blâmer la froideur de
fon procedé ; on étoit piqué contre lui. C'étoit, il eft vrai, le
loüer plus qu'on n'en avoit la
volonté ; l'on difoit à chaque moment que l'on ne vouloit plus
en parler, & cependant la converfation tomboit toujours fur
fon chapitre. On fe demandoit
fans ceffe : Mais d'où eft-il venu ?
Quand eft-il arrivé ? Et vous, ne
le connoiffez-vous point ? On re-
commençoit ces queftions ou de
femblables, quoiqu'à l'inftant on
fe

se fût répondu. Enfin l'on faisoit
toutes les questions possibles, elles étoient accompagnées de toutes les répétitions imaginables;
tantôt ayant l'aigreur, tantôt
l'admiration pour motifs. Tous
ces propos, comme je l'ai déja
dit, tels qu'ils fussent, étoient
un éloge bien réel; enfin toutes les perquisitions furent inutiles.

Dans les grandes Villes les
propos sont vifs, mais ils ne sont
pas de durée; l'on commençoit à
ne plus parler du Prince, lorsque
trois jours après on le vit paroître à la promenade publique,
dans un Equipage digne de lui &
de la Fée qui en avoit ordonné.
Son amour lui avoit fait ajouter
tout ce que la galanterie peut
avoir de plus agréable à tout ce
que la Fée Minatine lui avoit
donné

donné de superbe & de magnifique : Il fut reconnu dans le Char
le plus galant pour le Vainqueur
de toute la Jeuneffe, & pour
l'objet des regrets de toutes les
Belles du Pays.

La parure ajoute à la plus belle
figure ; comment parut-il donc
aux yeux de toute la Cour ? Il
vint defcendre au Palais de Rofanie, fe fit nommer en demandant audiance au Roi, à la Reine & à la Princeffe. Elle lui fut
accordée fur le champ, & ce fut
là que, foit par la modeftie avec
laquelle il répondit aux éloges
que méritoient & fa force, & fon
adreffe, foit par les graces que
l'envie de plaire fçait répandre
dans la converfation, il charma
toute la Cour, & ce fut avec un
plaifir général que l'on apprit de
lui-même, qu'il efpéroit faire
quel-

quelque séjour dans le Pays. Il s'y établit en effet ; mais s'il toucha quelquefois l'esprit de Rosanie, il ne fit aucun progrès sur son cœur.

Constant servit Rosanie avec toute l'habileté possible dans les guerres Etrangeres qui lui furent déclarées. Il ne lui fut pas d'un moindre secours dans les troubles de son Empire , puisqu'il calma mille fois des esprits séditieux & mal intentionnés, dont sa Capitale n'étoit que trop remplie.

Rosanie lui fit oublier pendant plusieurs années qu'il avoit un Royaume, & sur toutes choses, sa malheureuse passion lui avoit toujours fait craindre de revoir Minatine. Les égaremens de l'amour ont redouté de tous les tems les conseils de l'amitié éclairée.

clairée. Que n'auroit-il point oublié, puifqu'il s'oublioit lui-même. Un jour que plus outré de
fes malheurs, & qu'il étoit auffi
vivement affligé qu'on le peut
être, quand l'amour eft fans efpérance, il défira de voir la Fée
fa véritable amie ; la défirer &
la voir, ne furent qu'une même
chofe, elle parut donc à fes
yeux. Vous êtes affez puni de
n'avoir pas fuivi mes confeils,
cher Prince, lui dit-elle avec
douceur, fans que je vous acca-
ble encore des reproches que
vous méritez. Si la Nature en-
tiere & mon Art pouvoient vous
rendre Rofanie indifférente, il
eft bien certain que le boulver-
fement de l'une feroit l'effet de
l'autre ; mais quand on aime une
fois Rofanie, la mort peut feule
délivrer de l'attachement que
l'on

l'on a pour elle. Je vous ai pré-
dit ce que vous souffrez ; l'amour
seul, vous ne le sçavez que trop,
peut récompenser l'amour, & tous
les prodiges ne peuvent donner
aucune satisfaction au sentiment.
Je ne puis donc que vous plaindre ; la seule chose qu'il me soit
possible de faire, pour vous prouver ma sincere amitié , c'est de
vous donner une consolation que
votre amour ne désavouëra pas.
Pour lors elle le toucha de sa baguette , & lui accorda la faculté
d'entrer dans le Palais des Idées.
Elle y joignit celle de le pouvoir
construire dans tous les lieux où
il se trouveroit, & dans tous les
instans qu'il le pourroit désirer.

Ce Palais entretient & nourrit
la Constance ; mais il est impossible à décrire avec précision.
Tantôt il représente tout ce que
l'art

l'art & le goût peuvent compo-
fer de plus parfait ; dans l'inftant
même, il devient une Cabane
aufli pauvre que folitaire : Il eft
également fitué , ou dans un
Vallon délicieux , ou fur un Ro-
cher efcarpé. La Mer, les Ri-
vieres, les Forêts & les Prairies
fe trouvent dans fon enceinte ;
la folitude & l'obfcurité des Ca-
vernes fuccedent en un moment
à la cohuë & à l'illumination d'un
Bal ; les objets funebres pren-
nent en un inftant la place des
plus agréables. Le Prince Conftant faifoit un ufage continuel
de ce Palais, puifqu'il y voyoit
fans ceffe Rofanie, & qu'elle fe
préfentoit accompagnée de tous
fes charmes. Mille Tableaux tous
animés & tous parfaitement ref-
femblans , la retraçoient fans
ceffe fous toutes les formes pof-
fibles.

sibles. Il s'entretenoit avec elle, pour lors il lui disoit ce qu'il avoit toujours oublié de lui dire ; mais quand après l'avoir vû douce, tendre & complaisante, il sortoit de son Palais ; la cruelle réalité devenoit alors le tourment de son cœur.

Rosanie reconnut cependant quelque différence dans la conduite générale du Prince. Souvent il est arrivé que l'on ne veut point répondre à la tendresse d'un Amant, mais que cependant on n'est point déterminé à le perdre, soit que la Princesse fût dans le cas de cette petite vanité, soit qu'elle fut frappée d'une autre idée ; car il est bien difficile de sçavoir précisément tout ce que pense une jeune personne. Cette réflexion le piqua de curiosité, cet Auteur de tant
d'in-

d'inconvéniens. Elle fit sentir à Constant qu'elle le soupçonnoit d'avoir quelque dissipation , & d'être moins à plaindre qu'il ne se vantoit de l'être. La seule apparence de soupçon, le rapport que l'amour propre sçait lui trouver avec un reproche , allarmerent le malheureux Constant. Jamais il ne fut de secret pour ce que l'on aime véritablement. Il fit l'aveu du présent de la Fée, mais il fut décrit à Rosanie avec la vivacité de l'amour satisfait.

Je vous y vois, lui dit-il, sans cesse quand le malheur me sépare de vous ; ma vive imagination vous y peint à tous les momens telle que vous êtes, & mon cœur vous dicte vos réponses ; jugez de mon bonheur dans ces heureux instans. Je vous donne des Fêtes ; & tout ce qui peut servir à ma délicatesse, & vous prouver mes sentimens, se trouve soumis à mes ordres. Je donne une tendre interprétation aux paroles les plus indifférentes que votre froideur me fait recevoir en réponse de tout ce que je puis vous dire de tendre & de passionné. Enfin dans cette heureuse retraite, toute la nature est soumise à mon amour. Vous êtes amoureux, lui dit Rosanie, par conséquent votre Palais ne vous représente que l'amour ; mais pour moi qui ne connois point la tendresse, si j'en possédois un semblable, il me semble que j'en ferois un usage charmant par les Images agréables & séduisantes qu'il me traceroit sans cesse. Je crois, lui répondit Constant, que ces Palais doivent non-seulement leurs agrémens, mais encore

core leur exiſtence à l'amour ;
mais quoiqu'il en ſoit , vous en
déſirez un ; & quoique tout m'allarme de votre part , & que je
craigne avec raiſon que vous ne
faſſiez uſage d'un tel préſent pour
vous paſſer plus aiſément de moi
que vous ne le faites encore ,
tout ce que vous déſirez eſt mon
unique loy ; je vais donc conjurer la Fée de vous ſatisfaire :
A ces mots Minatine parut au
milieu d'eux ; elle toucha Roſanie d'un coup de ſa baguette
comme elle avoit touché le Prince, & pour lors elle diſparut.

Dès le premier moment de
ſolitude dont la Princeſſe put
diſpoſer , elle voulut employer
le nouveau don qu'on venoit de
lui faire ; mais quoiqu'elle eût
beaucoup d'eſprit , à peine les
objets ſe retraçoient-ils à elle ;

E 2   rien

rien de ce qu'elle vouloit se re-
préfenter n'avoit de confiftance,
& tout s'évanoüiffoit, tant il eft
vrai que le cœur feul peut fixer
les idées.

C'eft à mon fens un préjugé
favorable pour l'amour, que celui de voir une perfonne indifférente tomber dans la rêverie ;
un Amant, s'il n'en eft point ja-
loux, doit en être charmé.

Les objets qui fe peignirent à
Rofanie étoient froids; ils étoient
dépourvûs de cette grace & de
cette chaleur fi néceffaire à toute peinture. Après quelque tems
d'un ufage auffi peu important
que celui auquel la Princeffe employoit fon Palais, elle apperçut
un jour Conftant, mais elle ne
fit au commencement que l'en-
trevoir, & ce ne fut même qu'à
l'extrêmité d'une gallerie infiniment

ment longue , & très-éloignée
d'elle. Ses attentions, sa fidelité,
son parfait dévoûment, donnerent insensiblement des couleurs
plus vives à son Portrait, & par
conséquent plus de consistence à
son Palais. Toutes ces réflexions
frapperent enfin le cœur de Rosanie ; il en fut attendri. Cette
tendre pitié précede ordinairement le triomphe de l'amour.

La seule vertu ne peut prévenir ni bannir l'attention d'une
premiere idée ; elle frappe avec
tant de simplicité, qu'il n'est pas
possible de se la reprocher, non
plus que d'être en garde contre
elle : Elle s'insinuë pour l'ordinaire par des degrés très-peu
sensibles, & quand elle a produit une assez forte impression
pour que l'indifférence en soit
allarmée,

E 3   Le

Le détail des fentimens de Rofanie & leur progrès furent donc à peu près tels que je viens de les décrire.

Elle étoit intérieurement convaincue de fa défaite, cependant elle faifoit encore fouvent des queftions à Conftant, fur la maniere dont il la voyoit dans fon Palais. Le rapport qu'elle trouvoit avec fon récit, & celui de fes propres fentimens, lui donnoit quelquefois du chagrin, & très-fouvent de l'humeur. Quoique feule, elle rougiffoit des impreffions que l'amour faifoit dans fon cœur, & les combats de fa fierté faifoient payer cher à Conftant les commencemens de fon triomphe. Si l'amour laiffoit à un Amant la liberté de fon efprit, il feroit enchanté de reconnoître une humeur qui précede toujours

jours l'aveu des fentimens, & la
foumiffion du cœur d'une jeune
perfonne. Rofanie fouvent après
les queftions dont je viens de
parler, quittoit brufquement un
Prince qui reffentoit trop d'a-
mour pour ne pas éprouver tout
l'aveuglement, & même la fot-
tife que cette paffion donne à
l'homme du monde doüé du plus
grand efprit. Il s'affligeoit donc
de ce qui le conduifoit au but de
tous fes vœux : Auffi-tôt après
avoir quitté Conftant, Rofanie
le trouvoit dans fon Palais, & le
voyoit affligé de fon dernier procedé ; elle vouloit quelquefois
s'en applaudir, mais elle finiffoit
toujours par fe le reprocher, &
même par en être allarmée.

Tant de troubles cefferent à
la fin ; un jour que fortant chacun de leur Palais, ils fe rencon-
E 4   trerent ;

trerent ; leur conversation commença par cet heureux silence,
où tout parle en nous hors la
voix. Cette douce situation où
l'ame est alors attentive, fut enfin intérompue ; le récit de ce
dont ils étoient occupés, & le
transport de leurs cœurs, devinrent une déclaration récipro-
que.

Rien ne s'étoit jamais opposé
au bonheur de Constant que l'indifférence de Rosanie ; l'aveu du
don de son cœur préceda de
quelque tems celui de sa main,
& leur mariage fut bien-tôt
conclu à leur grande satisfaction.

Nos Amans, quoiqu'Epoux,
voulurent à leur ordinaire mettre leurs Palais en usage, mais
ils n'existoient plus. Minatine
n'étoit pas une Fée du commun,
elle

elle s'étoit férieufement appli-
quée à l'étude du cœur humain ;
elle leur avoit donc retiré ce don
qui leur avoit été à l'un & à l'autre d'un auffi grand fecours ;
mais elle n'avoit pas pris cette
précaution à la légere : Elle craignit que les Idées ne fuffent
contraires au bonheur de leur
fituation préfente ; car enfin les
idées conduifent aifément à la
jaloufie. C'eft en vain qu'on lui
donnera le beau nom de Délicateffe ; la délicateffe d'un mari
eft prefque toujours une jaloufie
terrible , & certainement elle
eft toujours au moins une fadeur.
Minatine prit donc le fage parti
de fouftraire les idées à l'un & à
l'autre ; & mon avis eft qu'elle fit
bien.

Ils reçurent en échange de ce
qu'ils perdoient, le don du Pa-

lais de la plus aimable réalité.
C'eſt un Palais plein de délices
qui s'écroule, il eſt vrai, quelquefois de lui-même, mais jamais ce malheur ne lui arrive
que par la faute de ſes fonde-
mens ; & quand le rapport de
l'humeur, celui des goûts, &
les douceurs de l'amitié, joints à
l'amour parfait, ont élevé ce
charmant Edifice, il ſurpaſſe en
ſolidité tout ce que nous con-
noiſſons dans le monde ; d'autant plus que les bréches que le
tems ou les diverſes circonſtan-
ces peuvent occaſionner, ſont
réparées chaque jour par les
plaiſirs infinis que produiſent &
le cœur & l'eſprit.

Ce fut ſur des principes auſſi
délicieux que ſolides que vécurent Conſtant & Roſanie, plus
heureux mille fois par leurs ſen-

timens que par la possession de
deux grands Royaumes, & par
tout ce que les hommes regar-
dent comme la fortune. La véritable est en tout sens dans notre cœur.

E 6 LA

LA PRINCESSE
LUMINEUSE.

CONTE.

IL étoit une fois un Roy & une Reine, la Reine se nommoit Marjolaine, & le Roy s'appelloit Biribi ; ils vêcurent toujours dans une fort grande union quoiqu'ils se fussent mariés par amour.

La passion qui les dominoit l'un & l'autre, étoit celle du jeu; elle les occupoit les jours & les nuits.

Il passe pour constant que le Roy Biribi fut l'inventeur d'un jeu qui porte aujourd'hui son nom. Le Roy passoit la journée

dans

dans son Cabinet à imaginer des
Tableaux pour son jeu, & à faire
peindre des Cazes plus singulie-
res les unes que les autres. Ces
Tableaux étoient tous applau-
dis, non-seulement parce qu'ils
étoient de la composition du
Roy, mais encore parce que les
Habitans de ce grand Etat aimoient naturellement le jeu.

Le Roy Biribi employa très-
utilement le goût que ses Sujets
avoient pour le jeu ; il tailloit
lui-même pour donner l'exemple, & il étoit de toutes les Banques qu'il établit dans toutes les
Villes de son Royaume : Il eut
soin pour la commodité & l'amusement des différens états, d'en
avoir à tout prix.

Il fit un réglement très-rai-
sonnable pour favoriser ses Banquiers Généraux ; c'étoit un Edit
par

par lequel il étoit expressément
ordonné qu'une personne de chaque famille tireroit ou feroit tirer une boule par jour, & cela
sans qu'aucune raison pût dif-
penser de cette obéïssance. Les
femmes étoient ordinairement
chargées par la famille d'exécuter une Ordonnance aussi avantageuse pour les Banques ; car on
ne s'en tient pas si aisément à une
seule boule.

Le Roi Biribi dans le fond n'é-
toit pas joüeur, jamais Banquier
ne le fut ; il n'aimoit que l'argent, & sentoit tout l'avantage
de son jeu. Il soulagea son peuple
de tous les impôts & de toutes
les entrées, & ne voulut pour le
revenu de sa Couronne, que le
profit des Banques. Jamais droits
ne furent payés par les femmes
avec plus de bonne volonté &
plus

plus d'exactitude, & jamais Prince ne se trouva des sommes plus considérables dans ses coffres.

Cette Cour, suivant l'usage, étoit gouvernée par deux Fées d'un caractere bien différent ; l'une se nommoit Balsamine, elle étoit bonne naturellement, & la justesse de son esprit étoit infinie ; elle blâmoit beaucoup le goût déclaré du Roy & de la Reine pour le jeu, & cette façon de tirer l'argent de ses Sujets, & voulut souvent faire honte au Roy, non-seulement de ce qu'il tenoit la Banque, mais encore de ce qu'il étoit de part avec les Banquiers ; mais ses remontrances furent inutiles.

L'autre Fée qui possedoit bien plus la faveur & la confiance de Biribi, parce que la conformité des goûts les rapprochoit, se nom-

nommoit la Fée Sansdent. C'é-
toit une vieille Joüeuse, qui dans
de certains cas de perte, auroit
été capable de joüer jusqu'à sa
baguette. Elle étoit hâve & sé-
che ; les veilles & l'altération du
jeu lui avoient brûlé le sang, &
le sang brûlé lui donnoit une
humeur épouvantable, & lui faisoit très-souvent tenir des propos
que tout autre qu'un Banquier
de Biribi n'auroit pas soutenu.
Elle joignoit à cette altération
le malheur de n'aimer pas trop
le plaisir des autres, & d'être un
tant soit peu envieuse : voilà son
caractere. Quant à la façon de
se mettre, jamais elle n'étoit
achevée de coëffer, & l'on ne
pouvoit être plus mal vêtuë ; car
tout ce qu'elle tiroit de ses ap-
pointemens de Fée, au lieu d'aller à son entretien, se fondoit
dans

dans la Banque : L'on ignore
peut-être, que malgré le grand
pouvoir des Fées, elles ſont ſou-
miſes à un Conſeil qui leur demande un compte exact de l'em-
ploi qu'elles ont fait de l'argent
du tréſor. Sans ce réglement, il
n'eſt pas douteux que Sansdent
n'eût joüé, & par conſéquent
perdu tout l'argent que les Fées
pouvoient avoir, quelque conſi-
dérables que leurs richeſſes euſſent été.

La Reine étoit une bonne femme aſſez ſimple, qui pontoit toute la journée avec un zéle & une
patience ſans exemple. Le Roy
qui connoiſſoit parfaitement la
force de ſon jeu, donnoit des
ſommes immenſes à la Reine
pour ſes menus plaiſirs & pour
ſon entretien, ſçachant très-bien
ce que deviendroit cet argent.

En

En effet , elle perdoit tout ce
qu'on lui donnoit , & n'étoit pas
mieux parée que Sansdent. Elles
se servoient d'excuses l'une à
l'autre. Biribi toujours attentif à
donner de bons exemples , avoit
expressément défendu que l'on
marquât la Reine elle - même ,
c'étoit tout dire pour les autres.
Quand le Roy tenoit la Banque,
la bonne Marjolaine lui servoit
de croupier , & qui donnoit les
Jettons , à la vérité , dans une
cuillier d'or garnie de Diamans ;
& le Gentilhomme de la Chambre , qui étoit d'année , présentoit le sac ; car , il faut convenir
qu'on ne pouvoit tenir le Biribi
avec plus de dignité que ce grand
Prince le tenoit : Il ne quittoit
le jeu que pour recevoir l'argent
de tous ses Banquiers Généraux,
vérifier leurs comptes , renvoyer
de

de l'argent à ceux qui par hazard avoient été débanqués ;
enfin il étoit occupé à tenir en
ordre un auſſi grand nombre de
Banques ; il ne négligeoit pas
non plus de faire punir les fa-
milles qui n'avoient pas tiré de
boulles ſuivant l'Ordonnance. Il
faiſoit mettre dans les Gazettes
tous les pleins qui avoient été
gagnés dans la ſemaine, avec les
noms des Prédeſtinés ; & ſur
toutes choſes, il faiſoit citer
avec un peu d'augmentation les
pertes que les Banques avoient
faites.

Voilà quel étoit au juſte l'état
de la Cour de ce Roy, lorſque
la Reine Marjolaine ſe trouva
groſſe. Les veilles non plus que
le jeu ne l'empêcherent point de
ſe bien porter pendant le cours
de ſa groſſeſſe, & d'accoucher

fort

fort heureusement d'une Princesse, qui parut aux yeux de
tout le monde belle comme le
plus beau jour.

Balsamine se chargea du soin
de son éducation, & la nomma
Lumineuse. Pour Sansdent qui
s'apperçut de tous les charmes
qui paroissoient déja dans cet
admirable Enfant, ressentit une
envie, qui, comme je l'ai déja
dit, lui étoit naturelle, & qui
fut encore redoublée, parce
qu'elle prévit qu'une petite Princesse dont elle s'étoit chargée
depuis deux ans, qu'elle aimoit
autant qu'elle pouvoit aimer, &
qui se nommoit Pivoine, seroit
d'une figure bien différente de
celle de Lumineuse, & que son
esprit seroit très-inférieur au
sien. Toutes ces raisons l'engagerent à soumettre Lumineuse à
tous

tous les inconvéniens qui ne font
que trop ordinaires dans le monde , de façon même qu'aucun
pouvoir des Fées ne pourroit les
lui faire éviter. Balsamine n'a-
voit encore eu que le tems d'ex-
cepter des malheurs de la vie de
Lumineuse que la petite vérolle;
mais hélas ! il en est beaucoup
d'autres encore; & la Princesse ,
malgré l'amitié de la Fée , ne s'y
trouva que trop soumise. Balsamine s'apperçut de la méchanceté de sa Compagne; mais comme il n'étoit plus possible d'y remédier , elle prit sur cette affaire
le sage parti du silence. La taille
& la figure de Lumineuse qui ne
pouvoient être plus parfaites ,
étoient encore surpassées par la
vivacité & la justesse d'un esprit
également porté à la douceur &
à la paresse.

Balsa-

Balſamine ne lui donna pas le moindre conſeil ſur le jeu dont elle déſaprouvoit les excès ; elle ſçavoit très-bien que les enfans n'ont preſque jamais de goût pour les choſes que leurs parens ont trop aimées ; auſſi eut-elle toute ſa vie un éloignement infini pour cette paſſion.

Quand Lumineuſe eut atteint l'âge de quinze ans, elle enchantoit par ſes regards, & charmoit par ſon eſprit ; elle eut effacé bien d'autres beautés que celle de la Princeſſe Pivoine, que Sansdent avoit auprès d'elle à la Cour du Roy Biribi. Sa taille étoit courte & groſſe, & jamais aucune fille à ſon âge n'avoit eu une ſi prodigieuſe gorge. Elle n'avoit point d'autre eſprit que celui du jeu, & répetoit de mémoire les plaiſanteries qu'elle

avoit

avoit entendu faire ſur les Cazes
du Tableau. Jamais Sansdent ne
l'avoit grondée que parce qu'elle
ne filoit pas bien ſon argent, ou
parce qu'elle ne demeuroit pas
à la fin des parties pour parer la
table, & retenir plus long-tems
les joüeurs. Lumineuſe & elle ne
s'aimoient pas beaucoup, quoiqu'elles euſſent paſſé leur jeu-
neſſe enſemble.

Le Roy ni la Reine n'aimoient
pas beaucoup leur fille ; la raiſon en étoit bien ſimple, leurs
goûts étoient différens. Marjolaine ayant pluſieurs fois fait venir la Princeſſe ſa fille à ſon jeu
pour la diſſiper & l'amuſer, elle
avoit toujours fait des bâillemens
exceſſifs pour leſquels on l'avoit
renvoyée, en la traitant de petite ſotte, &c. Ces reprimandes
engageoient toujours Pivoine à
ſe

ſe rengorger , parce qu'elle les regardoit comme une loüange indirecte que l'on donnoit à ſon caractere.

Balſamine étant fort conſide-rée dans tout le Corps de la Fée-rie , fut mandée pour traiter d'af-faires importantes ; ce fut le tems de cette abſence que Sansdent choiſit pour propoſer au Roy & à la Reine de marier Lumineuſe. Sansdent leur propoſa donc le Roy des Brouillards pour être leur Gendre. Elle leur fit valoir non-ſeulement la grandeur de ſon alliance, en leur diſant qu'il étoit un peu parent de la Nuit, & fort aimé des Médecins ; mais encore elle leur repréſenta que la beauté de Lumineuſe leur at-tireroit infailliblement des guer-res , pendant leſquelles il leur ſeroit très - difficile de pouvoir

joüer,

jöuer, & dont les dépenſes di-
minuëroient conſidérablement le
fonds des Banques.

Le Roy des brouillards eſt un
bon homme qui n'a pas à la vérité un grand commerce dans le
monde, il n'eſt pas reçû dans
beaucoup de maiſons ; mais il
emmenera votre fille, & vous
ſerez au moins certains de la
voir pendant les hyvers.

D'auſſi bonnes raiſons déterminerent le Roy & la Reine.
La demande de Lumineuſe fut
faite dès le même jour avec toutes les cérémonies ordinaires ;
le Contrat fut ſigné ſur le champ,
& dès le ſoir même les nôces furent célebrées. Lumineuſe étoit
douce, Balſamine étoit abſente ;
que peut faire une Princeſſe qui
n'a que quinze ans, & qui n'oſe
s'oppoſer à la volonté de ſes parens?

rens ? Elle se soumit, & c'étoit
tout ce qu'elle pouvoit faire. Les
nôces furent obscures malgré la
quantité des bougies qui rem-
plissoient les Appartemens. Le
Roy des Brouillards & sa suite,
qu'il avoit fort diminuée par consideration, faisoient tort aux lumieres. Toute la Cour fut en-
rhumée, parce que tous ces
Brouillards répandoient une fort
grande humidité. Le trop heureux Epoux de la belle Lumineuse étoit un grand & gros
homme âgé pour le moins de
soixante ans ; il avoit la voix
rauque ; il parloit peu, mais ce
qu'il disoit étoit infiniment dif-
fus. Il parut vêtu comme le sont
les petits enfans voüés au blanc;
toute sa Cour portoit le même
uniforme aussi-bien que celui des
cheveux plats, qui ne relevoient
ni

ni leur figure, ni leur bonne
mine. Le lendemain des nôces,
le marié parut, comme il arrive
ordinairement, fort amoureux,
& Lumineuse tout auſſi froide
qu'elle étoit la veille de ſon mariage, & ne fut point animée
par toutes les mauvaiſes plaiſanteries que l'on fait dans les nôces.

Le Roy ſon mari après avoir
fait ſes groſſes plaiſanteries, voulut conduire la nouvelle Reine
dans une portion de ſes Etats,
qu'il avoit établi dans une Prairie voiſine de la Capitale du Roy
ſon Beau-pere ; & pour donner
une idée de ſa magnificence, il
invita toute la Cour du Roy Biribi à un grand ſoupé. Les exha-
laiſons formoient ſon Palais; mais
le goût de l'Architecture étoit un
peu Gothique ; & la porte d'en-

trée

trée étoit véritablement si basse, qu'il fallut que tout le monde baissât la tête pour entrer dans le Palais. Quand toute la Compagnie fut assemblée, l'on ferma une espece de trappe, de façon que l'on ne sçavoit plus, ni par où l'on étoit entré, ni par où l'on ressortiroit.

Le Roy Provincial par nature & par habitude, en inféra que l'on devoit boire bien long-tems. Le mets qui dominoit le plus dans ce Festin, & dont la profusion fut extrême, fut celui des Bécasses.

Quoique toute la Cour du Roy Biribi fût venuë à ce repas en Redingottes & en Capottes, quoique le Roy des Brouillards eût eu l'attention de faire donner, comme à l'Audiance du Grand Seigneur, des Caffetans de toile cirée,

cirée, l'humidité de son Palais incommoda tout le monde ; & malgré l'envie qu'il eut de prolonger le repas, & les mauvais propos qu'il tint pour en venir à bout, le soupé fut court ; & tout le monde s'étant retiré, Lumineuse fut laissée dans les Etats du Roy son mari, abandonnée à ses pleurs.

Le Roy Biribi & la Reine Marjolaine ayant fini la seule affaire qui pouvoit les distraire du jeu, retournerent chez eux avec leur bonne amie Sansdent. Elle avoit toujours eu le projet de couronner les soins qu'elle avoit pris de la Princesse Pivoine par un mariage avantageux ; pour cet effet, elle avoit jetté les yeux sur le Prince Grenadin, dont les Etats étoient voisins de ceux du Roy Biribi, & dont la figure &

F 3   le

le mérite faisoient grand bruit dans le monde. Ce Prince étoit un si bon parti, que Balsamine toute sage & toute éclairée qu'elle étoit, n'en avoit jamais désiré d'autre pour la Princesse Lumineuse.

Quand cette bonne Fée revint, quelle fut sa douleur de ne plus trouver sa chere Lumineuse? La conversation fut vive entre les Fées ; le Roy & la Reine répondirent aux reproches qu'elle leur fit ; qu'ils avoient fait une bonne alliance ; qu'ils avoient déferé aux conseils de leur amie Sansdent. Balsamine fut piquée du peu de consideration que l'on avoit euë pour elle : Elle partit, & fut de ce pas chez la belle Lumineuse, qu'elle trouva seule dans son boudoir. Leur entrevûë auroit attendri les témoins,

dont

dont le cœur auroit été le plus
dur.

Lumineuſe l'embraſſa mille fois,
en lui diſant, pourquoi m'avez-
vous quittée, ma bonne amie ?
Vous ſçavez que je n'ai de reſ-
ſources qu'en vous, ne me quit-
tez donc jamais. Balſamine lui
répondit avec tendreſſe, n'ayez
point d'inquiétude, tôt ou tard
je vous vangerai de Sansdent :
Hélas ! lui répondit la Princeſſe,
je paſſerai toute ma vie dans une
obſcurité inſupportable, je ne
pourrai jamais accoutumer mon
tempérament à l'humidité qui
régne dans ces ſombres lieux.
Je conſens volontiers à vivre
ſans aucune ſocieté, pourvû que
vous ne m'abandonniez pas, ma
chere Balſamine : Le Roy mon
mari, pour mon malheur, reſ-
ſent de l'amour pour moi, & je

F 4   n'ai

n'ai pour lui qu'une indifférence
bien digne de lui & de ſes triſtes
Etats. Eſperez, lui dit Balſamine,
une ſituation plus heureuſe ; ne
vous laiſſez point aller au déſeſ-
poir ; comptez que je ne vous
abandonnerai point , & qu'au
moins , je vous tiendrai fidele
compagnie , puiſque Sansdent
m'a mis hors d'état de vous donner d'autres preuves de mon amitié. Lumineuſe reſſentit ce ſou-
lagement que donnent les ſecours de l'amitié. Le Roy des
Brouillards qui s'apperçut de
quel ſecours la compagnie de
Balſamine étoit à la Reine ſa
femme , la combla de toutes les
amitiés poſſibles. Quoiqu'il fût
naturellement d'un tempérament
froid , il reſſentoit vivement l'indifférence que Lumineuſe avoit
pour lui.

Auſſi-

Auffi-tôt que la nôce de Lumineuse eut été terminée, & que la nouvelle Reine eut été remife entre les mains du vieux Roy fon mari, j'ai dit, s'il m'en fouvient, que Sansdent, Marjolaine & le Roy Biribi retournerent promptement fe mettre à une table de jeu ; les jours fuivans la même chofe fe répeta, & l'on reprit le même train de vie que celui qui avoit précedé les nôces. Sansdent qui ne perdoit point fon projet de vûë pour fa groffe favorite Pivoine, s'occupa férieufement du mariage de Grenadin avec fa protegée.

Ce Prince charmant étoit demeuré jeune fous la tutelle de la Reine Brillante fa mere ; le Roy fon pere avoit gagné une pleuréfie à la chaffe du Papillon, dont il mourut fort regretté de

fes

ses Sujets. Brillante fut donc dé-
clarée Régente ; elle éleva Grenadin avec tous les soins imaginables. Ce Prince avoit un éloignement marqué pour le mariage ; mais il avoit une galanterie
réelle dans l'esprit, avec laquelle il faisoit les délices de la Cour
de la Reine sa mere. Telle étoit
la disposition de cette Cour lorsque Sansdent envoya plusieurs
fois le même songe à la Reine
Brillante, qui l'entretenoit de l'é-
loignement que Grenadin avoit
pour le mariage, & l'assuroit que
cette aversion ne finiroit que
dans les Etats du Roy Biribi, dans
lesquels il trouveroit la Fée Sansdent, à laquelle il pouvoit s'a-
dresser en toute sûreté ; ce songe
fut envoyé si souvent à la Reine,
& toujours si fort accompagné
des mêmes circonstances, qu'enfin

fin elle se détermina à suivre l'avertissement qu'il lui donnoit.

Le Prince partit donc avec un Equipage digne de sa naissance & de son goût naturel. Il fut reçû par le Roy Biribi avec tous les honneurs dûs à son rang; & comme l'on croit assez ordinairement à tout le monde le même goût que celui que l'on a, l'on redoubla les parties de jeu, dans le dessein de lui faire plus d'honneur. Sansdent s'apperçut avec chagrin du dégoût de Grenadin pour le jeu. Elle ne vouloit cependant pas avoir le démenti de son projet, elle résolut donc de donner au Prince ce que l'on appelle une Fête dans toutes les formes. Elle construisit avec sa baguette dans les Jardins du Palais, qui n'étoient pas trop bien entretenus, une Salle d'un goût

d'Ard'Architecture admirable ; elle résolut d'y donner un Bal où toute la Cour fut invitée. Mais hélas ! personne dans le Pays ne sçavoit plus danser. Pivoine se trouva la seule qui sçût à peu près faire le pas de menuet ; encore comment le faisoit-elle ? Mais elle n'avoit point du tout d'oreille ; & sans les attentions du Prince, & son excessive politesse, elle étoit si mal-adroite, que plus de dix fois elle seroit tombée à la renverse, sa queuë se mettant toujours entre ses jambes, ou bien s'embarrassant dans ses pantoufles. Un Bal où il y avoit aussi peu de Danseurs, se trouva nécessairement très-court. Que faire en attendant le soupé ? Il fallut donc se mettre au jeu. Voilà donc la partie établie, & Grenadin à côté de la grosse

grosse Pivoine obligé par politesse de joüer. On fit une fois
l'éloge de la noblesse avec laquelle il perdoit son argent ; Pivoine lui dit mille gentillesses de
celles qu'elle avoit entendu faire
au jeu ; elle lui conseilloit bien
sérieusement de prendre tantôt
l'Arlequin , tantôt une autre figure : Il y a quatre jours qu'il
n'est venu , lui disoit elle , je l'ai
marqué sur mes tablettes. Elle
lui demandoit en grace de prendre le chiffre de 25 , de 7 , ou
de 52 , & lui rendoit un compte
très-exact de la Caballe, à laquelle
le Prince ne put comprendre un
mot , malgré l'explication de la
Princesse ; & comme il plaisan-
toit avec graces sur ces propos
dont il ne pouvoit être la dupe
avec l'esprit qu'il avoit, Pivoine
lui dit, cependant ce sont de ces
choses

choses qu'il faut sçavoir, non-
seulement parce qu'elles réüssis-
sent au jeu, mais encore parce
qu'elles en donnent l'air. Croi-
riez-vous bien même, ajoutoit-
elle, que je leur ai l'obligation
de m'avoir fait obtenir la préférence sur une Princesse avec laquelle j'ai été élevée dans cette
Cour, & qui jamais n'a pû en retenir un mot, tant elle avoit
l'esprit bouché. Le soupé fut servi long-tems avant que l'on se
mît à table ; les Joüeurs étoient
piqués, on l'avoit retardé plusieurs fois ; & quand il fut servi,
on le laissa long tems refroidir
encore. Pendant le soupé, on
voulut mettre quelques conversations agréables sur le tapis,
mais elles retomberent toujours
sur le jeu. Sur un coup piquant,
sur la noblesse du jeu d'un tel,

sur

fur fon exactitude à payer ; enfin ces agréables propos occupe-
rent tout le tems du foupé. A
peine le fruit fut-il fervi, que
l'on courut fe remettre au jeu ;
la politeffe du Prince le fit fouffrir beaucoup intérieurement, &
l'engagea à s'entretenir avec la
groffe Pivoine affez pour s'en dé-
goûter pour toujours , & fuffifamment pour qu'elle fe prît pour
lui d'un goût très-vif.

La converfation tomba fur
Lumineufe, & Pivoine dit tout
ce qu'elle en imagina de plus
mal, & qui fit un effet oppofé
dans l'efprit du Prince. Pivoine
voulut tourner en ridicule l'a-
verfion de Lumineufe pour le
jeu, & la façon dont elle fçavoit s'occuper dans fon appartement & demeurer feule. Ces
détails , contre fon intention ,
firent

firent une impression favorable
sur l'esprit de Grenadin, & il
fut touché de la façon dont on
avoit sacrifié une aussi belle Princesse à un Roy tel que celui que
Pivoine lui avoit dépeint. Le
Prince ressentit une espece de
chagrin de ce que Lumineuse
avoit épousé un semblable Mari;
ce chagrin fut suivi du déplaisir
d'imaginer qu'elle fût mariée;
ensuite il forma des regrets de
ce qu'il n'avoit pas été plutôt
instruit de toutes les perfections
de la Princesse; il s'affligea de
n'avoir pas voyagé l'année d'auparavant, & se repentit de ne
s'être pas proposé lui-même pour
l'épouser. Un Portrait de Lumineuse que la Reine lui montra
par hazard, fortifia toutes ses
idées, & lui en donna de nou-

fes, fans prefque croire y penfer,
que comme on eft frappé des
évenemens finguliers, d'abord
qu'il appercevoit du brouillard,
il fortoit du Palais, en fe fervant
du prétexte d'aller à la chaffe.
Il efperoit qu'à force de chercher, un jour peut-être il la ver-
roit elle-même. Il en vint, pour
fatisfaire fa curiofité, jufqu'au
point de courir les brouillards,
comme au Printems l'on cherche
les premiers rayons du Soleil,
ou comme en Eté l'on recherche
la fraîcheur de l'ombre. Il paffa
quelque tems dans une auffi trifte
occupation. Enfin il apperçut un
jour dans une Prairie fort étenduë, un grand brouillard des plus
épais, avec le mouvement que
l'on remarque quelquefois dans
ces fortes d'exhalaifons. Le Soleil
venoit de fe lever, & doroit tout le
reste

reste de la Campagne. Le Prince accourut à ce brouillard. (On ne pourra jamais rendre un compte bien précis de cette espéce d'instinct qui conduit & qui frappe les Amans.) En effet, ses espérances ne furent point déçuës. Ce brouillard étoit un des petits Palais de la Reine, & le plus léger de ceux qu'elle habitoit. Le Roi des Brouillards le faisoit marcher dans des lieux plus marécageux, dans le dessein de faire des recruës pour un projet qu'il méditoit vers le Nord. La Reine étoit sur une espece de terrasse, ou pour mieux dire, à l'extrémité du brouillard, pour voir le Soleil, & respirer un air plus pur & plus serain. Le Prince la reconnut aisément, & ne put s'empêcher de s'écrier : Enfin donc, belle Lumineuse, j'ai pû vous

vous voir ! La Reine frappée de
ce compliment, le regarda avec
l'attention que ſa figure pouvoit
mériter ; & ſans rien répondre
qui pût la commettre, elle témoigna par un regard que le
compliment lui étoit agréable.
Qu'un Amant entend aiſément
ce langage ! Le Palais pourſui-
vant ſon chemin, laiſſa le Prince
enchanté de ce qu'il avoit vû,
& la Reine courut promptement
inſtruire Balſamine de cette petite avanture. La Fée conſulta
ſon Livre d'heures, & lui dit en
ſoupirant : Helas ma chere Princeſſe, vous avez vû le Prince
Grenadin, celui que j'eſperois
de vous faire épouſer.

La Reine en apprenant que
celui qu'elle venoit de voir, étoit
un Prince, ſa figure lui parut encore plus agréable, par le rapport

port des conditions. Elle fit la comparaison de Grenadin & du Roy son Mari. L'esprit fait tout ce chemin en un moment, & la vertu la plus austere ne peut empêcher les premieres impressions. Enfin, la solitude, l'amitié, & plus encore, la plenitude du cœur, engagerent la Princesse à faire l'aveu de tous ses sentimens à Balsamine. Ce ne fut d'abord que pour avoir le simple plaisir d'en parler. La Fée ne pouvant refuser une conversation aussi naturelle, s'y livra avec toute la patience qu'il faut qu'un Confident apporte pour essuyer toutes les répetitions & les redites d'un cœur amoureux. Elle lui devoit d'autant plus cette complaisance, que suivant la Loi que Sansdent avoit imposée au moment de la naissance de Lumineuse,

Balsa-

Balsamine ne pouvoit lui prédi-
re l'avenir ; ce qui, dans le fond,
n'étoit point un si grand mal ?
car l'esperance de l'amour pré-
dit suffisamment des choses aux
Amans. Il ne lui étoit donc possible que de lui representer le
passé & le present. Après avoir
fait une conjuration simple, elle
lut tout haut dans son petit Livre d'heures, parce que tout ce
que l'on desiroit sçavoir du passé
& du présent, s'y trouvoit écrit.
Elle lut donc tout ce que j'ai
rapporté de l'indifference & de
la galanterie de Grenadin lorsqu'il étoit à la Cour de la Reine
sa Mere. Ensuite elle lut le Songe que Sansdent avoit envoyé,
le départ & l'arrivée du Prince
à la Cour du Roi Biribi, son
ennui pour le jeu, le détail de
la danse & celui des grosses gentillesses

tilleſſes de Pivoine. Balſamine entra dans le détail le plus exact de tout ce qui s'étoit paſſé.

La Reine ne ceſſoit de lire dans les Heures de la Fée.Elles étoient ornées de miniatures ſur velin, & ces charmantes peintures exprimoient au naturel tous les évenemens qui pouvoient intéreſſer ou amuſer. Lumineuſe y vit avec plaiſir le Prince retourner chez le Roy Biribi après la rencontre qu'elle en avoit fait. Elle s'apperçut du redoublement de ſon ennui, & de la recherche exacte qu'il faiſoit de tous les brouillards les plus épais ; elle craignit mille fois pour ſa poitrine. Elle fut témoin de tous les ſoins qu'il ſe donna pour avoir une copie de ſon Portrait. Ce fut avec contentement qu'elle remarqua tout ce que la Princeſ-

ſe

ſe Pivoine ſouffroit de ſon indifference pour elle. Enfin elle lut
que comme il y avoit des brouillards dans ſes Etats , & qu'il
avoir autant d'eſperance de la
pouvoir trouver dans ce Pays ,
que partout ailleurs, il prenoit
le parti d'y retourner, après avoir
conſtamment refuſé toutes les
offres avantageuſes que Sansdent
lui avoit faites pour le mariage
de Pivoine , & après avoir perdu
le plus noblement du monde des
ſommes très-conſiderables à la
Banque du Roy, Lumineuſe s'apperçut que Sansdent vouloit punir le Prince, & venger Pivoine,
du peu de cas qu'il avoit fait de
ſa perſonne. Elle courut à Balſamine , en lui diſant : Sauvez-le ,
ma chere amie, elle va peut-être
le métamorphoſer ; qu'au moins
il ne perde pas ſa figure. Soyez
tran-

tranquille, lui répondit la bonne
Fée, j'en ai eu soin. En effet, il
ne lui arriva pas le moindre accident, & la Reine le vît partir
sans obstacle,

Grenadin s'abandonnoit aveu-
glément à sa passion ; il décla-
moit quelquefois contre la destinée, & sur-tout contre le songe
de la Reine Brillante. Pour la
Reine Lumineuse, elle avoit du
moins son petit Livre, mais elle
n'en étoit pas pour cela plus heureuse. Quand on aime bien, on
ne pense que médiocrement aux
secours que l'on a, & l'on n'est
jamais occupé que du regret de
ce dont on est privé.

Le Roy des Brouillards agité
& tourmenté de l'indifférence de
Lumineuse, & dont l'âge étoit
en effet assez avancé, tomba dans
une espece de langueur. Les Médecins

decins confeillerent au Roy de
prendre quelquefois un air plus
vif que celui qu'il refpiroit ordinairement. Il obéït à cette ordonnance, & malheureufement
(pour lui, s'entend,) il reçut
un coup de Soleil dont il mourut quelques jours après. La
Reine lui avoit donné tous les
foins imaginables ; en un mot,
fes procedés furent admirables
en cette trifte occafion, & tous les
Brouillards en furent enchantés.

Quand on eut rendu les derniers devoirs au Roy, & qu'on
l'eut porté dans un grand Lac,
le Tombeau des Rois fes préde-
cefleurs, Lumineufe forma la réfolution de quitter cette trifte
demeure, & de retourner dans
les Etats du Roi fon Pere, à qui
elle l'écrivit. Le Roy Biribi répondit à fa Fille, qu'elle n'avoit

Tome II. G qu'à

qu'à ſe démettre hardiment de
toute l'autorité qu'elle avoit ſur
ſes Peuples, & qu'elle trouveroit
toujours un azile dans ſes Etats.
Après cette réponſe, Lumineuſe
fit tous ſes paquets avec une diligence incroyable: tous les Brouillards ne vouloient point abandonner leur Reine : ils reſſen-
toient pour elle un véritable attachement. Toutes les inſtances
qu'ils firent pour engager la Reine à ne les point abandonner,
furent inutiles. Elle les dégagea
du ſerment de fidélité, & les
quitta ; & c'eſt la raiſon pour laquelle ils errent de differens côtés. Perſonne depuis ce tems ne
s'étant voulu donner la peine de
les réünir, non plus que celle de
les gouverner. Tout ce que j'ai
ſçu de particulier ſur la diviſion
de ce grand Etat, c'eſt que la
plus

plus grande partie se retira en Angleterre.

Lumineuse parut à la Cour du Roi son Pere, plus belle encore qu'elle n'en étoit partie. La fraîcheur & la beauté de son teint, étoient encore augmentées : elle n'étoit nullement hâlée en venant d'un semblable Pays. Le grand deuil avec lequel elle arriva, lui servit de prétexte pour ne point faire la partie du Roy, & pour s'éloigner peu à peu d'un genre de vie qui lui convenoit aussi peu. Ce grand deuil se portoit tout en blanc, suivant l'usage des veuves des Rois des Brouillards ; & ce qui peut-être eût déparé beaucoup d'autres beautés, ne la rendoit que plus belle encore. Quelque tems après son arrivée, de l'avis de la bonne Balsamine, elle demanda un ter-

rain

rain au Roi Biribi, dans lequel, avec le secours de la Fée, elle bâtit un Palais magnifique, dans la simplicité extérieure, & dont l'intérieur réunissoit le goût & la magnificence. Ce fut là qu'elle rassembloit une Cour de personnes choisies de l'un & de l'autre sexe. Les Jardins répondoient à la magnificence du Palais; mais le Bosquet de la Vérité dont Balsamine lui avoit fait un présent particulier, étoit la chose la plus utile à une personne qui ne vouloit être environnée que de gens sinceres. Ce Bosquet renfermoit les plus admirables Statuës de marbre blanc; la Vérité, toute nuë, dominoit sur toutes les autres, & c'étoit aussi sur elle, que par la disposition du plan, les regards étoient d'abord attachés. La candeur étoit exprimée

sur

ſur ſon viſage, & l'on y voyoit en même tems les impreſſions que les vices ſçavent lui faire reſſentir. Ce grand Boſquet dans lequel la Vérité paroiſſoit toute ſeule, ſe diviſoit en pluſieurs eſpaces qui renfermoient les differentes Vertus que les hommes doivent ſuivre. Ces eſpaces formoient des Temples de verdure conſacrés à chacune de ces Divinités. L'Amour ſe voyoit dans l'un, avec la Délicateſſe & la Fidélité. La Valeur paroiſſoit dans un autre, accompagnée de la Douceur & du Sang-froid.

La Reconnoiſſance des bienfaits avoit pour compagnes la Mémoire & la Senſibilité. L'Honneur des Femmes étoit placé entre la pudeur & la modeſtie. Le Temple de la Religion étoit orné de la Bonne-foi & de la Perſuaſion.   G 3   Ce

Ce superbe Bosquet étoit ouvert à tout le monde ; un Vieillard accompagnoit ceux que la curiosité y conduisoit.

Que de gens se présenterent à ce Bosquet avec la hardiesse & la suffisance qui ne sont que trop communes à la Cour ! Combien de Courtisans virent la Vérité, qui tout d'un coup à leur aspect paroissant couverte de lambeaux dorés, se déroboit à leurs yeux, sans leur laisser voir que le masque du mensonge, & l'horreur de sa figure ! Que d'Amans de l'un & de l'autre sexe obligerent la figure de l'Amour à prendre celle de la Fausseté ; & cette même Fidélité, tant de fois attestée, devenir à l'instant l'Inconstance au pied leger, ou la Coquetterie aux yeux pervers ! Combien d'autres, au lieu de voir paroître à leurs

leurs yeux l'Amour tel qu'ils es-
peroient de le trouver, ne furent
frappés que du faux air ! Que
de fausses valeurs parurent, tantôt avec le visage de la peur, &
les gestes de l'épouvante, & tantôt dépourvûës du sang froid,
ayant besoin de l'action pour se
soutenir ; d'autres enfin que l'on
n'appercevoit point sans la férocité ! L'Ingratitude à tous les momens paroissoit à la place de la
Reconnoissance. L'Oubli prenoit celle de la Mémoire, & la
Sensibilité s'évanoüissoit avec la
Mémoire. Que de femmes, dont
le maintien de Prude chassa la
modestie pour y substituer la dé-
bauche, & dont l'aspect fit évanoüir la Pudeur ! Que d'hipocri-
sie & de projets humains ne
voyoit-on point dans le Temple
de la Statuë de la Religion !

G 4   Ce

Ce Bosquet servit beaucoup à Lumineuse, aussi-bien que ses lumieres naturelles, pour ne rassembler autour d'elle que des gens sinceres. Sa Cour n'étoit pas nombreuse, mais elle étoit charmante.

La Princesse n'étoit intérieurement occupée que de Grenadin. Elle avoit vû dans le petit Livre de Balsamine que le Prince ennuyé de tout ce qui se présentoit à lui, n'avoit pû faire un plus long séjour à la Cour de la Reine Brillante ; que toujours occupé du desir de la voir, il étoit parti pour faire la recherche des plus épais brouillards, & que pour cet effet il avoit marché tout seul vers les Pays les plus affreux du Nord. Il ne lui fut plus possible alors de résister au plaisir de le tirer d'inquiétude,

de, de lui faire sçavoir la mort
du Roy son Mari, l'état de liberté dont elle joüissoit, & le
lieu de son séjour ; mais elle ne
pouvoit esperer aucun des secours que les Fées donnent aux
jeunes Princesses qu'elles prote-
gent. Ce fut à l'Amour à lui fa-
ciliter ce qu'elle desiroit. Elle
ouvrit une des fenêtres de son
Palais, & fit venir à elle un Brouillard leger qu'elle apperçut dans
ses Jardins. Elle le reconnut pour
être rempli de vivacité & du desir d'obliger, & pour l'avoir servi
avec beaucoup d'attachement ; il
étoit naturellement grand Voyageur. Elle lui dit le lieu dans lequel il trouveroit le Prince Grenadin, & lui donna ses ordres.
Dès l'instant que Grenadin eut
appris le lieu du séjour de Lumineuse, il évita les brouillards

G 5   cave

avec autant de soin qu'il les avoit
recherchés, il reprit avec empreffement le chemin des Etats du
Roy Biribi.

L'on peut se souvenir des procedés de Sansdent ; ils avoient
par toutes sortes de raisons déplu à Balsamine. Cette bonne
Fée sage jusques dans sa colere,
ne voulut point éclater qu'elle
n'eût établi Lumineuse d'une façon aussi agréable que solide.
Quelque tems après les deux
Fées eurent une conversation des
plus vives. La dispute s'échauffa
si fort, qu'elle ne pouvoit plus se
terminer que par un combat singulier, & dont la fin eût été peut-
être le boulversement de l'Etat ;
Mais le Conseil des Fées en ayant
été averti dans le moment, elles
furent mandées l'une & l'autre.
Les Fées étant arrivées devant
ce

ce sage Tribunal, raconterent tout ce qui leur étoit arrivé.

Sansdent fut condamnée sur tous les chefs, & fut envoyée chez les Sauvages Iroquois, sous prétexte de les civiliser, mais dans le fond pour la punir par un honnête exil, qui lui fut d'autant plus sensible, qu'il n'y avoit pas dans ce Pays la plus foible ressource du côté du Jeu. On envoya chercher Pivoine, sans vouloir donner à Sansdent la permission de faire ses adieux au Roy Biribi, & à la Reine Marjolaine. On lui donna en partant celle de marier la Princesse Pivoine à quelque Roy des Sauvages, & pour lors le Conseil les congédia l'une & l'autre, sans qu'il fût attendri par leurs larmes.

Balsamine à son retour trouva

G 6   le

le Roy Biribi & la Reine Marjolaine, qui, tous tristes qu'ils étoient de l'absence de Sansdent, & de l'inquiétude de ne la plus revoir, joüoient en attendant la décision des évenemens. Ils vinrent au-devant de la Fée avec la démarche embarassée que donnent les torts. Ils furent fort étonnés de voir qu'elle les pria de ne se point déranger, & de continuer leur partie ; mais elle vouloit les punir d'une façon, qui sans faire d'éclat, ne leur fût pas pour cela moins sensible. Toutes les Banques furent détruites par la fortune des Pontes, & cette fortune se trouva si sagement départie, que tous les Joüeurs du Royaume regagnerent précisément ce qu'ils avoient perdu, & se trouverent au même degré d'opulence où les reglemens du

Jeu

Jeu les avoient trouvés. Il étoit
tems que cette répartition fût faite, car prefque toutes les Famil-
les de ce grand Etat étoient abfolument ruinées. Balfamine voulut confoler le Roy des pertes
confidérables qu'il venoit de faire, en lui faifant envifager quels
étoient les inconveniens & la
honte de la vie qu'il avoit me-
née jufqu'alors ; elle lui confeilla,
de la façon dont on ordonne, de
fe rapporter, pour le Gouvernement de fon Etat, aux confeils
de Lumineufe ; & fon incapacité
fe joignant aux autres raifons, le
déterminerent à fuivre l'ordre
ou le confeil de la Fée.

Lumineufe indépendamment
de l'efprit infini qu'elle avoit, &
des connoiffances dont il étoit
orné, aidée des fages confeils
de Balfamine, rétablit la Police,
l'ordre,

l'ordre, & fit enfin fleurir le Commerce dans un Royaume dont
les affaires étoient depuis long-
tems bien dérangées ; & ces
changemens avantageux ſe firent
en très-peu de tems. Le choix
des hommes étant la partie la
plus eſſentielle d'un Gouvernement, le Boſquet de la Vérité
lui ſervit utilement pour connoître le fond des cœurs, & le degré des vertus de ceux qu'elle
employoit. Balſamine inventa,
pour l'amuſement du Roy Biribi,
de la Reine Marjolaine, & pour
celui de leur petite Cour, tous
les Jeux de Commerce, comme
l'Oye, le Trou-Madame, & mille
autres, dont une partie eſt paſſée
juſqu'à nous, ſans compter le Jeu
du Roman, & ceux qui mettent
au fait de l'Ortographe & de la
Géographie, Jeux qui pour lors
étoient

étoient abſolument néceſſaires, par l'oubli que l'on avoit fait de ces connoiſſances.

Balſamine, au nom de Lumineuſe, défendit expreſſément, & ſous les peines les plus rigoureuſes, tous les Jeux de Reſte, & ſur-tout le Biribi. Elle fit brûler dans la grande Place tous les tableaux, les ſacs & les boules qu'elle avoit fait revenir de tous les coins du Royaume ; & je ne comprens pas comment, avec toutes ces précautions, ce Jeu a pû paſſer juſqu'à nous, ſur-tout après un auſſi long eſpace de tems.

Grenadin averti, comme nous l'avons rapporté, par le Brouillard, partit auſſi-tôt qu'il eut appris toutes ces heureuſes nouvelles ; mais il étoit ſi loin, ſi loin, que Lumineuſe & Balſamine avoient

avoient eu le tems de faire tout
ce qui vient d'être rapporté,
avant qu'il eût eu celui d'arriver.
Le Prince qui croyoit trouver
encore les Etats du Roy Biribi
dans la situation dans laquelle il
les avoit laissés, craignoit non-seulement de revoir Sansdent, parce
qu'il l'avoit laissée furieuse contre lui, & qu'il étoit naturel qu'il
en redoutât les menaces ; mais il
craignoit encore plus de revoir
Pivoine, parce qu'elle l'aimoit,
& que rien ne déplaît autant à un
homme bien amoureux, que l'a-
mour d'un objet désagréable, le
Prince prit le parti d'arriver dé-
guisé dans la Capitale.

Quelle joye pour un Amant,
de recevoir en réponse de chaque question, un éloge de ce qu'il
aime ! Le récit d'une vertu, un
exemple de douceur, un trait
d'esprit

d'eſprit & de ſageſſe, enfin de voir
l'amour de tout un Peuple qui ne
ſe laſſe point de répondre aux
queſtions réïterées de la curioſité que donne l'amour! Le Prince
Grenadin enchanté de tant de
récits flatteurs, ne garda plus
l'*incognito* ; & déclarant ſa naiſſance & ſon nom, il ſe fit conduire chez la Fée qui faiſoit les
fonctions de premier Miniſtre.
Leur entrevûë fut courte, parce
que la Fée le conduiſit auſſi-tôt
chez la Princeſſe, qui par ſon
Livre avoit été témoin de toutes les impreſſions qu'avoit reçuës ſon Amant, & qui jugeoit
de tous les inſtans qui le condui-
ſoient à elle. Si Balſamine ne ſe
fût pas heureuſement trouvée en
tiers, la converſation n'eût pas
été vive du côté des paroles,
pour avoir trop de choſes à ſe
dire ;

dire ; pour en penſer trop , ils ne
pouvoient ſe parler. Et qui ne
voudroit ſe taire à ce prix , &
faire l'épreuve d'un pareil ſilence ! Grenadin demanda la permiſſion d'être ſon premier Courti-
ſan , en l'aſſurant que puiſqu'elle
étoit libre , & que ſa délicateſſe
n'avoit plus à ſouffrir , il s'eſti-
moit trop heureux de la voir &
de l'admirer. Cette permiſſion lui
fut aiſément accordée.

Grenadin avoüa à Lumineuſe
un amour dont elle ne doutoit
pas. Elle convint elle-même du
goût qu'elle avoit pour lui. Grenadin ſe jetta à ſes genoux , la
conjurant de couronner ſon a-
mour , & de lui permettre d'aſ-
pirer à l'honneur de ſa main.

Cette Princeſſe adorable ſe rendit & conſentit aux deſirs de ſon
Amant ; mais afin de n'avoir rien

à

à se reprocher, & de pouvoir pleinement satisfaire sa raison, elle voulut exiger du Prince de faire l'épreuve du Bosquet de la Vérité. Grenadin fut très-offensé de sa proposition. Tout ce que vous m'ordonnerez, lui dit-il, pour vous prouver l'attachement le plus tendre & le plus sincere, il est certain que je le ferai. Mais se peut-il que vous doutiez de moi, de la sincerité de mes sentimens ! Se peut-il que je vous doive à toute autre chose qu'à votre consentement, qu'à mon amour ! Enfin Grenadin prononça ces paroles avec la vivacité de la délicatesse offensée, & d'une façon si touchante, que Lumineuse frappée de son amour, lui demanda pardon de lui avoir fait une telle proposition, & la désavoüa pleinement, en le fai-

faisant

sant Maître de sa personne & de ses Etats. C'est à présent que l'épreuve me convient, lui dit le Prince, en lui baisant la main avec transport, & c'est à présent que j'y cours sans la redouter. En effet, Grenadin s'éloignant de la Princesse avec ardeur, courut au Bosquet. Lumineuse le suivit agitée de tous les troubles, de toutes les inquiétudes, & de toutes les espérances de l'Amour. Mais quelle fut la joye de cette tendre Amante, quand elle apperçut la Vérité qui s'embellissoit à la vûë de son Amant, l'Amour qui accouroit à lui suivi d'un nombre infini d'attributs presqu'inconnus dans le monde, de voir l'Honneur & la Valeur, enfin toutes les Vertus se mettre à sa suite, & le présenter à l'Amour! Quel transport pour Grenadin

nadin de voir qu'il avoit été ſuivi
par Lumineuſe, à laquelle la Pudeur & la Modeſtie étoient ac-
courües, & quelle ſatisfaction
de diſtinguer l'embarras de l'A-
mour & de ſon aimable ſuite, qui
ne ſçavoient auquel des deux, de
la Princeſſe ou de lui, il étoit
plus juſte de déferer!

L'Amour enfin & la Vérité formerent eux-mêmes dans le Boſquet l'union éternelle des deux
plus parfaits Amans, & ces deux
Divinités ne les quitterent jamais pendant le cours d'une vie
qui fut auſſi longue que fortunée.

BLEUETTE,

BLEUËTTE,
ET
COQUELICOT.

CONTE.

IL y avoit une fois une Fée
nommée Bonnebonne, qui se
dégouta des grands emplois de
la Féerie, ausquels son caractere
& ses talens l'avoient élevée ; elle
choisit pour sa retraite une Isle
placée au milieu d'un très-beau
Lac, dont les côtes étoient for-
mées par le Pays le plus riche,
le plus riant & le plus fertile.
Cette heureuse retraite fut nommée l'Isle du Bonheur ; l'on sçait
qu'elle a existé, l'on se persuade
même qu'elle est toujours dans
le

le Pays dont on est voisin ; mais
les Géographes ne l'ont encore
placée sur aucune Carte , & je
n'ai point lû qu'aucun Voyageur
y soit jamais abordé : il nous suf-
fit que les Annales des Fées nous
en ayent donné connoissance.

Bonnebonne dégoutée du monde , & n'aimant point à faire sa
Cour , demanda à la Reine des
Fées la permission de se retirer :
Elle se rendit dans l'Isle du Bonheur ; & ce fut là qu'avec la plus
belle Bibliotheque, & toutes les
connoissances qu'elle avoit ac-
quises dans le monde , elle devint la plus habile de toutes les
Fées. Elle faisoit le bonheur de
tous ses voisins, & la reconnoissance étoit le fondement de son
autorité. Indépendamment de
ce que son goût la portoit à obliger , & que l'éloignement du
grand

grand monde ne diminue point le fentiment , c'eſt une grande ſatisfaction que celle de voir tout ce qui nous environne heureux.

Pour ſatisfaire à ce véritable plaiſir , & n'être pas en même tems accablée de toutes les ridicules demandes , elle avoit placé à fort peu de diſtance l'une de l'autre , ſur les bords du Lac, des Colonnes de Marbre blanc, auſquelles s'adreſſoient ceux qui avoient des demandes ou des plaintes à lui faire. Ces Colonnes étoient conſtruites de façon qu'en parlant fort bas, elles reportoient diſtinctement le ſon de la voix dans un Cabinet du Château. Bonnebonne y faiſoit demeurer ordinairement une niéce qu'elle élevoit pour être Fée, & qui lui rendoit compte le ſoir de tout ce que les Colonnes a-
voient

voient rapporté ; la Fée pour
lors en décidoit. La principale
occupation de Bonnebonne étoit
d'élever & de rendre heureux
des enfans ; elle donnoit à dé-
jeuner comme à collation tout
ce que l'on pouvoit défirer de
fucre & de pâtifferie ; mais quand
on avoit habité quinze jours cette heureufe demeure, on ne fe
foucioit plus de dragées, on paffoit la journée à fe promener fur
l'herbe, à cueillir des noifettes
dans le Bois, ou des fleurs dans
les Parterres ; on alloit fur le Lac
dans de jolis bateaux, on les me-
noit foi-même, enfin l'on faifoit
tout le jour ce que l'on avoit envie de faire, & le bonheur con-
fifte principalement dans la liberté ; il eft vrai qu'il y avoit des
Mies & des Précepteurs, mais
ils étoient invifibles ; ils avertif-

foient Bonnebonne de ce que l'on avoit fait de mal ; & pour lors elle faifoit une réprimande, mais toujours avec douceur, par-ce qu'elle étoit la meilleure fem-me du monde. Quelquefois les Mies & les Précepteurs ceſſoient d'être inviſibles, & pour lors on les voyoit ſouper enſemble ſur l'herbe, ou bien danſer aux chanſons, ou s'amuſer à faire des joüets & des poupées, enfin rien n'avoit l'air de la févérité dans cette heureuſe habitation ; auſſi tout le monde ſouhaitoit de l'habiter, & l'on n'en ſortoit ja-mais ſans éprouver la plus gran-de des afflictions ; mais comme tout eſt ſoumis à la deſtinée, & que les Fées elles-mêmes lui doi-vent obéïr, quand on étoit par-venu à un certain âge, c'eſt-à-dire, depuis douze juſqu'à quinze ans,

ans, & lorsque les leçons de la
Fée avoient fait une sorte d'impression sur l'esprit de ses éleves,
& qu'elle les trouvoit assez formés pour entrer dans le monde, elle étoit obligée de les renvoyer, ce qu'elle faisoit en les
comblant de caresses & de présens, & les assurant d'une amitié
dont elle leur donnoit souvent
des preuves dans le cours de
leur vie.

Dans le nombre des enfans
qu'elle avoit obtenu de la confiance de leurs parens, il se trouvoit une petite fille nommée
Bleuëtte, si jolie & si sage, que
Bonnebonne la préferoit à toutes les autres, & qu'elle l'aimoit
à la folie ; elle étoit caressante
sans être incommode, & vive
sans être importune ; sa figure
annonçoit la douceur de son ca-

ractere ; sa beauté s'accrût avec
l'âge ; Bleuëtte possedoit encore
cet éclat qui produit l'éblouïsse-
ment, & c'est à sa rare beauté
que nous devons cette façon de
parler , encore usitée dans le
langage familier ; ou pour parler
de ce qui nous a ébloüi , l'on dit
j'ai vû des Bleuëttes.

Un jeune enfant plus âgé qu'elle de deux ans ou environ , habitoit aussi l'Isle du Bonheur , il
se nommoit Coquelicot ; sa figure
étoit charmante , elle étoit aussi
vive que son esprit , & ses gentillesses naturelles plaisoient également à Bonnebonne ; ce qui les
rendoit bien plus charmans l'un
& l'autre , c'est que dès leur enfance , ils devinrent inséparables,
& que la vivacité de l'un se sou-
mettant à la douceur & à la tendresse de l'autre , rendoit leurs
carac·

caracteres plus moderés & plus
aimables. Bonnebonne joüiſſoit
ſans ceſſe de l'impreſſion & du
progrès que le véritable amour
faiſoit ſur l'innocence & ſur l'in-
genuité ; elle en étoit continuellement occupée, & tous les autres bonheurs qu'elle ſçavoit ſi
parfaitement procurer, ne pouvoient être comparés à celui-ci ;
en effet, quelle félicité peut être
miſe en balance avec celle que
produit l'union de deux cœurs
que l'amour unit par la conve-
nance & le rapport des humeurs?
Coquelicot vif comme il étoit,
peut-être même un peu emporté, n'étoit moderé & n'avoit de
douceur que pour ce qui regardoit Bleuëtte, qui de ſon côté,
n'étoit animée & n'avoit de vivacité que par rapport à Coquelicot.
La naiſſance & le progrès de

H 3   leurs

leurs fentimens avoient fait leurs
délices ; la douce fituation qu'ils
éprouvoient, faifoit les charmes
de la vie de Bonnebonne ; car
elle difoit cent fois : Mon Dieu
qu'ils font jolis ces pauvres enfans, qu'ils s'aiment bien, qu'ils
font heureux , ils ne penfent
point à fortir de mon Ifle, jamais
plus heureux fujets n'ont habité
mon Empire.

Un jour que fur le foir d'un
des plus beaux jours de l'Eté,
tous les aimables enfans joüoient
& s'amufoient dans les différens
lieux de ce féjour enchanté, il
parut tout à coup dans les airs
un Char traîné par fix Griffons
couleur de feu ; le Char étoit de
la même couleur , relevée par
des ornemens noirs ; il portoit
la Fée Arganto coëffée en brune
avec un ou deux pieds de rouge,

fa parure étoit affortiffante à fon
Char. Ses Griffons abbattirent
leur vol au perron du Château,
où Bonnebonne & fa Niéce fe
trouverent pour faire les honneurs à la Fée, & lui donner la
main pour defcendre. Après les
premiers complimens, Arganto
témoigna à Bonnebonne que ne
pouvant comprendre les plaifirs
de la retraite, & dégoutée par
quelques mécontentemens de la
Cour, elle avoit voulu juger par
elle-même des agrémens & des
peines d'une femblable vie ; &
que pour en être parfaitement
éclaircie, elle venoit dans la réfolution de paffer quelques jours
avec elle. Bonnebonne lui répondit avec douceur, qu'elle la
fatisferoit volontiers, & qu'elle
n'auroit rien de caché pour elle.
Les beautés de la Nature, ajou-

H 4   ta-t-elle,

ta-t-elle, font les Tableaux dont
je fuis occupée ; fes fruits font
mes tréfors ; fes fecrets l'objet de
mes recherches, & ma diffipation
n'eft attachée qu'au bonheur des
autres ; l'enfance eft l'état de
l'humanité qui peut être rendu
le plus heureux ; vous ne me
trouverez donc environnée que
des plus jolis Enfans que la nature ait produits : en difant cela,
elles s'avancerent dans l'Ifle, en
trouvant à chaque pas des troupes de petits Enfans de tout fexe
& de tout âge , dont les traits
naturels infpiroient une véritable gayeté ; les uns danfoient, les
autres joüoient à Colin Maillard;
ceux-là s'amufoient à la Madame , enfin ils paffoient fubite-
ment d'une fantaifie à une autre;
leurs caracteres fe dévelopoient,
& l'on pouvoit aifément imaginer

ner celui qu'ils devoient avoir
dans un âge plus avancé ; Arganto trouva que ce délaſſement
de Bonnebonne étoit aſſez médiocre, elle en jugea en perſonne
du monde, c'eſt-à-dire, avec
mépris : elle dit à ſa Compagne
qu'elle ne concevoit ces ſortes de
plaiſirs qu'autant que l'on employoit ſon eſprit à les faire valoir ; ce fut en vain que Bonnebonne en voulut faire les éloges,
elle ne la perſuada point ; enfin
en continuant leur promenade,
elles apperçurent bleuette & Coquelicot qui s'entretenoient, qui
ne voyoient qu'eux ſeuls dans la
Nature, qui n'attendoient leurs
plaiſirs, leurs déſirs, leurs occupations & leur volonté que d'eux
ſeuls. Bonnebonne les appella,
ils accoururent à elle avec cette
confiance & cette amitié que les

H 5 bon-

bontés & la reconnoiſſance ſçavent inſpirer. Arganto fut frappée de l'agrément de leur figure,
elle le leur témoigna, ils en rou-
girent & remercierent la Fée l'un
pour l'autre, je conçois, dit-elle
à Bonnebonne, que la nature ne
peut pas préſenter un plus agréable Tableau que celui de ces aimables Enfans; mais, continua-
t-elle, ont ils autant d'eſprit que
leur phiſionomie en promet? Ils
en ont aſſurément, répondit
Bonnebonne ; il ne vous plaira
peut-être pas, car il n'eſt que
naturel ; de plus, ils s'aiment
trop pour en montrer, ſur-tout,
à quelqu'un qu'ils ne connoiſſent
point ; les Fées leur firent mille
careſſes, & les laiſſerent enſemble.

Bonnebonne convint avecAr-
ganto qu'elles ne ſe contrain-
droient

droient point pendant leur séjour, & qu'elle pourroit se livrer
à ses études ordinaires ; mais
comme cette derniere ne pouvoit se taire de l'impression que
Bleuëtte & Coquelicot avoient
fait sur elle , elle voulut qu'ils
lui tinssent compagnie.

Arganto étoit née méchante,
& la méchanceté ne souffre qu'a-
vec impatience le bonheur des
autres, & n'est occupée que du
soin de le détruire , sans autre
motif que de celui de nuire. Sur
ces funestes principes , elle employa le tems de son séjour à
leur dépeindre la froideur &
l'insipidité du lieu qu'ils habitoient ; eux que la nature avoit
formés pour les délices & l'or-
nement des Cours les plus brillantes : pour lors elle leur faisoit
une description avantageuse du
H 6 sé-

féjour des Rois. Vous êtes enchantés, leur difoit-elle fans
ceffe, de la vie que vous menez;
mais en connoiffez-vous quelqu'autre? Le brillant du monde,
les Fêtes qui font données à la
feule beauté, les préférences qui
lui font à tous les momens ac-
cordées, font les véritables triomphes d'une jolie perfonne; c'eft
ainfi qu'elle parloit à Bleuëtte.
Et vous, s'adreffant à Coquelicot, avec de l'efprit comme vous
en avez, que ne ferez-vous point
dans une Cour? Vous devez certainement avoir de la valeur,
de quoi votre mérite ne fera-t-il
pas c pable? Ces difcours pervers firent peu à peu l'impreffion
qu'Arganto défiroit fur l'efprit
de ces aimables Enfans.

Ils fe cherchoient à leur ordinaire, mais ils fe furprenoient
oc-

occupés d'autre chofe que d'eux-
mêmes ; ils commencerent par
s'en faire quelques reproches,
enfuite ils fe firent des aveux ré-
ciproques, car ils ne pouvoient
prefque plus fe parler d'autre
chofe que des idées de la Fée ;
l'amour & l'efpérance de ne fe
point quitter, étoient encore, il
eft vrai, le fondement de leurs
projets ; mais enfin la curiofité,
la nouveauté de tout ce que leur
avoit dit Arganto, & plus que
toutes ces chofes, l'amour propre, le poifon de la vie, féduifit
à la fin leur innocence ; ils s'a-
bandonnerent à la méchante
Fée, qui pour les faire tomber
plus aifément dans le piége qu'-
elle leur tendoit, n'oublia pas
de détruire le refpect, l'amitié &
la reconnoiffance qu'ils avoient
pour Bonnebonne, en leur difant,

fant, c'eft une Fée de Province
dont les goûts font peu élevés ;
fon caractere ne convenant pas à
la Cour , elle eft trop heureufe
de pouvoir vous garder auprès
d'elle, elle facrifie votre fortune
à l'agrément & à l'utilité dont
vous lui êtes. Ce fut par de femblables difcours qu'elle préparoit l'ingratitude de ces Enfans ;
elle leur promit encore de ne les
point abandonner , & les affura
qu'étant Fée plus puiffante que
Bonnebonne , ils ne devoient
s'inquiéter de rien ; elle fit plus,
elle prévint dans leur efprit tous
les difcours que cette fage Fée
pourroit leur tenir quand elle
feroit inftruite de la réfolution
qu'ils prenoient ; enfin ils lui
promirent de la fuivre après qu'-
elle leur eut encore donné fa parole de ne les point féparer.

Quand

Quand Arganto fut bien affu-
rée du parti qu'ils avoient pris,
elle dit à Bonnebonne qu'il étoit
tems qu'elle cefsât de l'incommoder dans fa retraite, elle la
pria en même tems de trouver
bon qu'elle emmenât avec elle
Bleuëtte & Coquelicot; la bonne Fée qui ne s'étoit nullement
apperçûe, & qui n'avoit aucun
foupçon des defseins d'Arganto,
parce qu'elle leur avoit elle-même ordonné de faire leur cour
& d'obéir à la Fée pendant qu'elle étoit retirée dans fon Cabinet,
& fur - tout parce que le bon
cœur ne prévoit point l'ingratitude; Bonnebonne, dis-je, confentit à la demande qu'elle lui
fit, au cas cependant que la propofition leur conviendroit, bien
perfuadée qu'ils ne voudroient
jamais la quitter; on les fit avertir

tir fur le champ. Quel fut l'étonnement de Bonnebonne quand ils accepterent la propofition de fuivre la Fée & de l'abandonner? Elle leur tint inutilement tous les propos les plus remplis d'amitié & de bon confeil; ils étoient prévenus : Bonnebonne leur dit alors avec douceur, c'eft la perfuafion qui fait le bonheur. Vous cefferiez d'être heureux dans ce féjour, puifque vous imaginez une plus grande félicité dans un autre Pays ; partez, que rien ne vous retienne, leur dit-elle, les larmes aux yeux, puiffiez-vous être contens ; Bleuëtte & Coquelicot fe trouverent émûs par ce tendre difcours ; au point de tomber aux genouils de cette adorable Fée, & de la conjurer de vouloir bien oublier qu'ils euffent eu feulement l'idée de fe

fé-

féparer d'elle ; le faififfement
qu'ils éprouverent en ce moment,
les fit l'un & l'autre tomber en
foibleffe ; ainfi les méchancetés
d'Arganto devenoient inutiles
par ce retour de leur cœur ; elle-
même fut touchée d'un fpectacle
auffi tendre, & fe vit prefqu'au
moment de fe repentir du chagrin qu'elle caufoit à trois perfonnes, qui n'étoient à plaindre
que pour avoir eu trop de confiance en elle ; ne fçachant quel
parti prendre, elle fe préparoit à
partir toute feule, quand Bonnebonne lui dit : Je pourrois me
plaindre de la façon dont vous
avez abufé de l'accueil que je
vous ai fait ; mais le plus grand
fruit de l'étude & de la folitude,
eft celui de pardonner : Je ne fuis
donc nullement touchée pour
moi, je le fuis du malheur de
ces

ces jeunes Enfans. Je les aimois
pour eux ; je ne veux plus les
emmener, lui répondit Arganto,
vous voyez qu'ils m'ont refusé,
& vous ne pouvez douter de l'attachement qu'ils ont pour vous;
non, lui repliqua Bonnebonne,
je me trouve forcée à vous prier
d'emmener ce que j'aimois le
mieux dans ma retraite ; vous les
avez pervertis, leur cœur n'est
plus tel qu'il étoit, ils ne demeu-
reroient plus avec moi que par
complaisance. Quand ils auroient
assez d'art pour me la déguiser,
pourrois-je ignorer leurs pensées?
Emmenez-les donc, je vous conjure, & ménagez-les au moins
dans les malheurs ausquels vous
avez voulu les livrer. Puisque
vous le voulez absolument, reprit Arganto, je vais vous satisfaire;pour lors on les porta l'un &
l'autre

l'autre dans son Char, tout éva-
noüis qu'ils étoient. Les Griffons
d'Arganto volerent avec rapidité, & arriverent promptement
dans le Royaume des Erreurs.

Le Roy qui le gouvernoit alors,
se croyoit le plus grand de tous
les Princes. La flatterie lui avoit
persuadé qu'il étoit du sang des
Dieux. En consequence de cette
idée, il se faisoit adorer par ses
Sujets. Son Trône d'or & de pierreries sur lequel il ne paroissoit
qu'une fois par mois, étoit environné de Tigres, de Lions &
d'Elephans enchaînés avec des
chaînes du même métal, & couverts des broderies les plus superbes.

Sans entrer dans un plus grand
détail de l'étiquette de cette
Cour, le Roy pratiquoit à chaque
instant tout ce que l'orgüeil du
Dia-

Diadême peuvent infpirer. Arganto étoit fa bonne amie ; elle partageoit fes plaifirs, & ce fut dans le fuperbe Palais qu'elle avoit à fa Cour, qu'elle conduifit Bleuëtte & Coquelicot.

Dans l'inftant qu'ils revinrent à la vie, ils eurent le plaifir de fe revoir. La richeffe du lieu dans lequel ils fe trouverent, les étonna. Leur incertitude ne fut pas longue ; Arganto vint pour les en tirer. Ils lui demanderent en l'abordant des nouvelles de Bonnébonne. La Fée leur apprit qu'elle avoit confenti à leur fortune, & qu'elle l'avoit conjurée elle-même de les emmener. Bleuëtte & Coquelicot fe trouverent foulagés par ce récit, car ils avoient craint de lui déplaire. Arganto leur dit enfuite : Pour vous, belle Bleuëtte, voici l'appartement que

je

je vous deftine; votre maifon fera faite ce foir : en attendant,
voici vos Femmes que je vous
préfente. A ces mots il en parut
une douzaine, toutes bien faites,
& chargées des chofes frivoles
devenuës fi néceffaires au luxe
& à la parure. Elles furent fui-
vies par un pareil nombre de
Valets de Chambre qui portoient
des coffres & des caffettes, &
qui drefferent en un moment la
plus fuperbe toillette. Les habits
de la Saifon parurent enfuite
avec une fi grande profufion;
qu'ils occupoient les chaifes, les
lits & les canapés de ce grand
appartement. Quand tout fut
arrangé au gré de la Fée, elle
dit à Bleuëtte : Ceci vous appar-
tient; vous n'avez point d'autre
étude à faire que celle d'apprendre à vous en fervir. Enfuite elle
lui

lui montra une corbeille remplie de bijoux, & un quarré tout rempli de pierreries aussi parfaites en elles-mêmes, qu'agréablement montées. Elle lui dit: Belle Bleuëtte, ce petit écrain vous amusera. Passons à présent dans l'appartement que je destine à Coquelicot. Bleuëtte suivit la Fée, sans être en état de pouvoir répondre; sa surprise & son étonnement lui paroissoient un beau songe. Ils passerent tous les trois dans un autre appartement. Il étoit simple, mais propre. Quatre Valets de Chambre qui se trouverent dans la seconde piéce, vinrent lui présenter des habits aussi galants que superbes, afin qu'il choisît celui dont il vouloit être paré ce jour-là. L'on ouvrit ensuite la porte d'un fort grand cabinet, dans lequel on

vit

vit toutes fortes d'inftrumens de
mufique. Ce même cabinet étoit
orné d'une Bibliotheque remplie
de Livres d'Hiftoires, & fur-tout
de Romans & de Contes des
Fées. Voilà, lui dit Arganto, de
quoi vous délaffer, quand vous
aurez envie de donner quelque
relâche à vos plaifirs, ou de vous
repofer de vos exercices. Enfuite
elle ordonna à celui qu'elle avoit
choifi pour être fon Ecuyer; de
paroître. Vous pouvez, dit-elle à
Coquelicot, prendre de fes confeils; c'eft un homme fûr, & de
fort bonne compagnie : faites
voir, continua-t'elle, Monfieur,
les chofes dont vous êtes chargé.
Il parut alors des Gens de Livrée
qui portoient les armes les plus
magnifiques & les plus parfaites
pour la Guerre & pour la Chaffe.
Ce n'eft pas tout encore; met-

tons, dit Arganto, la tête à la fenêtre. Ils lui obéïrent, & ils apperçurent cinquante chevaux de main, tenus par vingt-cinq Palfreniers superbement vêtus & très-bien montés. Voilà, dit-elle, vos chevaux de Chasse & de Manege. Ensuite elle ordonna aux Carosses de paroître ; Berlines, Berlingots, Vis-à-vis, Caléches de toutes les especes, défiloient sous les fenêtres, attelés des plus jolis chevaux du monde, & les mieux nattés. Coquelicot éprouvant la même satisfaction que Bleuëtte, observoit aussi le même silence. Apprenez l'un & l'autre à faire usage de ce que je viens de vous donner, leur dit Arganto ; vous êtes charmans l'un & l'autre : mais, croyez-moi, la parure est nécessaire à la beauté. Pour lors elle les laissa chacun dans leur

appar-

appartement, queſtionnant leurs
nouveaux Domeſtiques ſur l'utilité de tout ce dont ils étoient
environnés ; car ils n'oſoient encore leur donner des ordres. Ils
s'habillerent enfin, & Coquelicot
ayant paſſé chez Bleuëtte, ils furent étonnés de l'effet agréable
de la parure, en ſe récriant cent
fois ſur le bon goût d'Arganto, ils
ſe perſuaderent d'autant plus aiſément tout ce qu'elle leur avoit
dit de Bonnebonne, dont la ſim-
plicité commençoit à les faire
rougir.

Toute la Cour inſtruite de l'arrivée de Bleuëtte & de Coquelicot, ſoit par curioſité, ſoit par
envie de plaire à la Fée, vint
chez elle avec empreſſement. Le
Roy lui-même lui fit cet honneur. Les éloges des hommes
pour Bleuëtte, & ceux des fem-

Tome II. I mes

mes pour Coquelicot, les satisfirent également. Ils trouverent que le langage dont on se servoit dans ce Pays, avoit un tour agréable qui leur étoit inconnu, ils en furent frappés, & ne songerent plus qu'à l'imiter. Bleuëtte dès le premier jour s'apperçut que Coquelicot n'étoit pas fait pour ses habits, & qu'il avoit un air emprunté que n'avoient point les autres jeunes gens dont elle étoit environnée ; enfin l'un & l'autre se trouverent occupés de mille idées nouvelles. Ils se voyoient tous les jours, il est vrai, mais ils se cherchoient moins, & les tendres conversations, où la naïveté, l'ingénuité, la candeur & la verité avoient autrefois tant de part, n'étoient plus en usage parmi eux ; ils cherchoient seulement à placer les mots & les

tours

tours de phraze qui les avoient
frappés dans ce nouveau féjour.

La parure, la magnificence &
l'éclat avec lequel ils éblouïrent
toute la Cour, engagerent tout
le monde à leur donner les titres
de Prince & de Princeffe. Ils
fçavoient bien qu'ils ne le méritoient pas, par la baffeffe de leur
naiffance; mais l'erreur des autres fatisfaifant leur vanité, ils
convinrent entr'eux de tenir le
cas fecret, & chacun efpera dans
fon particulier que la beauté &
le mérite les conduiroient en
effet à parvenir à cet état.

Coquelicot étoit parfaitement
joli, & fa taille étoit charmante. Il
fit fes exercices avec un merveilleux fuccès; prefque toutes les
Dames fe l'arrachoient. Bleuëtte
n'étoit en aucune façon jaloufe
de fes conquêtes; & quoique dans

ces fortes de fituations l'on ne
foit pas toujours équitable, elle
avoit du moins la juftice de ne
lui pas faire le moindre reproche, elle en auroit elle-même
cependant mérité; car la Cour
& les grands airs leur avoient
également dérangé & le cœur &
l'efprit. Bleuëtte de fon côté ne
cherchant qu'à plaire & qu'à
l'emporter fur toutes les autres
beautés de la Cour, fuivit le
penchant flatteur de la coquetterie. L'on peut juger fi penfant
comme je viens de le dire, elle
fut long-tems à faire ufage de
tous les préfens de la Fée. Bien-
tôt elle inventa des modes, que
toutes les autres belles ou laides
étoient malgré elles obligées de
fuivre. Pendant quelque temps
cette coquetterie fatisfaifant fa
vanité, ne préfentoit à fes yeux
que

que des Rivales jaloufes, que
des hommes enyvrés & féduits,
flattés ou défefperés, par des regards & des difcours trompeurs
& pervers ; mais Bleuëtte étoit
belle ; elle avoit tant d'efprit &
de graces, qu'en faifant leur
malheur, elle étoit l'objet de
tous les éloges, & celui de tous
les empreffemens des gens les
mieux faits de la Cour ; elle s'é-
toit même fi bien gouvernée,qu'il
étoit impoffible de faire le moindre reproche à fa vertu.

Coquelicot de fon côté, *vola-*
ge adorateur de mille objets divers,
flatta fa vanité, fans jamais fatisfaire fon cœur.

Telle étoit la véritable &
malheureufe fituation qu'éprouvoient les deux perfonnes autrefois les plus tendres & les plus aimables,lorfque cette même vani-

I 3 té,

té, l'écüeil de bien des fortunes,
fut elle-même vivement offensée.

L'on peut se souvenir qu'é-
blouis l'un & l'autre de l'éclat
dont ils étoient environnés, ils
avoient reçu avec plaisir les titres de Princes, rien n'est ignoré
dans le monde, & cette vanité
devroit seule inspirer du dégoût
pour le mensonge, si la vertu
n'étoit pas suffisante. Un enfant
élevé, comme ils l'avoient été,
dans l'Isle du Bonheur, s'en étant
écarté, comme tant d'autres
avoient fait, en parcourant divers Pays, fut attiré à la Cour
qu'habitoient Bleuëtte & Coquelicot. Il fut étonné de trouver les
grands titres de Princes ajoutés
à leurs véritables noms. Il courut cependant au Palais de la Fée
pour les aller embrasser ; mais
loin de le bien recevoir, ils ne
daigne-

daignerent seulement pas le reconnoître. Il en fit ses plaintes à
qui voulut les entendre, & toute la Cour fut promptement instruite que les Princes Bleuette &
Coquelicot étoient fils de deux
honnêtes gens à la verité, mais
qui étoient de pauvres Bergers.
La Cour est un Pays où l'on ne
pardonne rien, & où les Ridicules sont recherchés avec un soin
extrême ; ainsi l'on profita de
ceux-ci. Les Chansons & les Epi-
grammes coururent en un moment ; il ne leur fut pas possible
même d'en ignorer ; car, selon
la loüable coutume des Auteurs
de ces sortes d'Ouvrages, la premiere copie est adressée à la personne interessée. Coquelicot fut
plaisanté par quelques-uns des
Agréables de la Cour ; mais il
en tira une prompte satisfaction,

I 4 &

& le combat dans lequel il tua
son adverfaire, lui fit honneur
dans un Pays où la verité eft fi
rare, mais dans lequel on ne pardonne cependant point au men-
fonge. L'on rendit juftice à fa valeur, mais on ne lui fit plus le
même accüeil ; car enfin, quoique les richeffes faffent tout obtenir, le ridicule d'une baffe naiffance qui s'eft montrée avec vanité, s'oublie rarement à la Cour.
Pour Bleuëtte, que fon orgüeil
bleffé rendoit plus fiere encore,
& qui comptoit réparer par fa
beauté & par fes agrémens les
bruits defagréables qui fe répandoient de fa Bergerie paffée,
Bleuette, dis-je, eut en furplus
la douleur de voir facrifier quelques Lettres qu'elle avoit eu l'im-
prudence d'écrire. Ses attraits
humiliés, & fa réputation com-
mife

mife (quoiqu'injuftement) lui cau-
ferent un veritable chagrin, &
l'engagerent à faire des réflexions. Se rappellant alors le fou-
venir de fon bonheur paffé, les
difcours de Bonnebonne fe pré-
fenterent à fon efprit.

Bleuëtte étant donc agitée de
toutes ces idées qui la conduifoient à fes premiers fentimens
pour Coquelicot, ne vit plus
qu'avec regret tout ce qu'elle
avoit fait depuis qu'elle étoit à
la Cour. Elle en fut honteufe;
mais il ne lui fut pas poffible de
fe déterminer à lui parler à cœur
ouvert. Il prendra, difoit-elle,
pour coquetterie ou dépit, le retour le plus fincere, & je ne
pourrai m'en plaindre. Il croira
que ma naiffance connuë, & de-
venuë publique dans ce pays, a
dérangé mes projets de fortune,

I 5 &

& qu'elle me ramene à lui par honte & par necessité. Non, continua-t'elle, je ne le rendrai pas le témoin de toute la foiblesse de mon cœur , & de toutes les peines que me font éprouver les fausses bontés d'Arganto.

De semblables idées agitoient Coquelicot de son côté. Il croyoit que tous ceux qui le traitoient en Prince, comme ils avoient fait auparavant, le faisoient par dérision, & pour se mocquer de lui. Il ne doutoit pas que ceux sur qui le bruit qui s'étoit répandu, avoient changé de conduite à son égard, ne lui donnassent des démentis continuels : cette situation , toute affligeante qu'elle puisse être, n'é-toit pas le seul des maux dont il étoit accablé. Le souvenir de Bleuëtte tendre , fidelle , simple & naïve, les idées du séjour de

Bonne-

Bonnebonne, & celles des graces & de la douceur de son commerce, répandirent un si grand
dégoût sur tout ce qu'on appelle
dans le monde des plaisirs, &
qu'il avoit pris lui-même pour la
félicité, qu'il prit le parti de
fuir la Cour. Ils n'avoient qu'à
se parler l'un & l'autre, ils se
feroient persuadés & consolés ;
mais jeunes encore, ils se déterminerent à la chose du monde
que l'on doit le plus éviter en
amour comme en amitié, c'est-
le silence. Car enfin, il augmente, il empoisonne le tort que
l'on a, aussi-bien que celui que
l'on donneaux autres : ainsi donc
n'osant se regarder, (tant la
honte de leurs procedés avoit
fait d'impression sur leurs cœurs)
ils prirent separément, & sans se
rien communiquer, le parti de

I 6   la

la retraite. La folitude leur pa-
roiſſant la ſituation la plus capable de les conſoler , ils partirent
le même matin , comme ils auroient pû faire , s'ils avoient agi
de concert. Ils choiſirent l'habit
le plus ſimple , non ſans regreter
celui qu'ils avoient apporté à la
Cour. Il les auroit rapprochés
de leur premiere innocence , en
leur rappellant toutes les idées
de leur félicité paſſée. Ils n'emporterent que leurs Portraits ,
qu'Arganto avoit fait peindre en
miniature , tels qu'ils étoient au
fortir de l'Iſle du Bonheur.

Ils prirent des chemins fort op-
poſés ; mais à meſure qu'ils s'éloignoient de la Cour , la nature
parloit à leur cœur. Le chant des
oiſeaux , la ſerenité de l'air , la
vûë de la campagne , cette douce
liberté qu'elle inſpire , tout leur
rap-

rappelloit leur bonheur paſſé,
tout les attendriſſoit & les rame-
noit l'un à l'autre. Mais comment
nous retrouverons-nous, ſe di-
ſoient-ils ſans ceſſe à eux-mêmes?
je l'aurois convaincu, il m'auroit
pardonné ; retournons à la Cour.
Mais comment y pourrois je re-
paroître (car chacun d'eux croyoit
que l'autre n'en avoit point abandonné le ſéjour) dans un état
auſſi triſte que celui qu'ils éprouvoient. Le ſouvenir de Bonnebonne ſe préſenta à leur eſprit :
c'eſt l'amitié que l'on implore
dans les adverſités. Ils réſolurent
donc de recourir à ſes bontés.
Quand ils n'auroient pas connu
par eux-mêmes les délices de l'Iſle
du Bonheur ; quand ils n'auroient
pas été flattés de revoir les lieux
témoins de leur bonheur paſſé,
il eſt ſi naturel de rechercher une
fem-

femblable habitation , que l'on
fe met fouvent en marche fur la
parole des autres ; ils partirent
donc. Il leur fut bien aifé d'en
retrouver le chemin, eux qui l'a-
voient fi dignement habité. Leur
deffein étoit de s'adreffer à une
des Colomnes dont j'ai parlé , &
qui portoient les demandes que
l'on vouloit faire à la Fée. Quelle
fut leur furprife ! ou plutôt , quel
fut leur raviffement, de fe retrouver, de fe voir dans un lieu , dans
un habillement qui leur difoit
tout ! Après les premiers tranf-
ports où les yeux fuffifent à peine à l'ame pour fe fatisfaire , la
premiere parole qu'ils prononce-
rent, fut : *Pardonnez-moi ! Je ne*
puis vivre fans vous. Une chofe
qui fe trouve à la fois demandée
& defirée, eft ordinairement bien-
tôt accordée ; il ne leur fut pas
                              nécef-

neceſſaire d'implorer plus long-
tems le ſecours de la Fée. L'u-
nion de leurs deſirs les avoit déja tranſportés dans les plus beaux
endroits de l'Iſle. Ils voulurent
ſe juſtifier & demander pardon à
Bonnebonne; mais elle les en empêcha. Je ſçai tout ce qui vous
eſt arrivé, leur dit-elle ; j'ai par-
tagé vos peines, quoiqu'elles fuſſent méritées : joüiſſez du bonheur de mon Empire ; vous êtes
à préſent plus en état d'en connoître les délices.

Ils vécurent heureux, puiſqu'ils
ne ceſſerent point de s'aimer , &
qu'ils moururent au même inſtant. Bonnebonne donna leurs
noms à des fleurs champêtres ,
dans le deſſein de rendre leurs
noms immortels.

MIGNO-

MIGNONNETTE.

CONTE.

IL y avoit une fois un Roy & une Reine qui régnoient bonnement & simplement sur des Sujets aussi bonnes gens qu'eux, de façon qu'ils étoient également heureux ; mais comme il n'y a point d'état dans le monde qui n'ait ses peines, le bonheur du Roy & de la Reine étoit troublé par l'humeur d'une Fée qui les protegeoit depuis leur enfance. Madame Grognon, c'est ainsi qu'elle se nommoit, marmotoit toujours quelque chose entre ses dents, & répetoit cent fois la même chose, trouvant à redire à tout ce que l'on faisoit, ou pour mieux

mieux dire, à tout ce qui s'é-
toit jamais fait. Il est vrai qu'elle
n'avoit que ce seul petit défaut,
& que du reste, elle étoit la
meilleure femme du monde ; car,
à dire les choses comme elles
étoient, elle obligeoit souvent.
Le Roy & la Reine la prioient
très-souvent de leur accorder des
enfans, & Madame Grognon
leur répondoit toujours : Vraiment oui, des enfans ; & pourquoi faire ? pour les entendre
crier, pour vous faire enrager
& moi aussi ? A quoi cela sert-il,
des enfans ? on ne sçait qu'en
faire. Les filles sont difficiles à
garder, aussi-bien qu'à marier, &
les garçons deviennent des li-
bertins. Ce discours, & mille autres semblables, étoient les seu-
les réponses qu'elle faisoit aux
instantes prieres de leurs Majes-
tés.

tés. Le ton d'humeur avec lef-
quelles elles étoient faites, & la
façon de parler du nez, les rendoient infupportables. Cependant le Roy & la Reine les écou-
toient avec une patience admirable. Enfin, foit par un effet du
hazard, foit par la permiffion de
la Fée, car elle avoit quelquefois
de bons momens, la Reine devint groffe ; & comme de raifon,
on fit auffi-tôt part à Madame
Grognon d'un évenement auffi
heureux pour le Roy & pour l'E-
tat. Elle arriva donc auffi-tôt,
non pour en faire fon compliment, ni pour prendre part à la
joye de toute la Cour, mais pour
demander à la Reine pourquoi
elle étoit groffe, & lui reprocher
en même tems de ne l'avoir pas
été plûtôt ; elle dit enfin ce jour-
là tant de chofes défagréables

à

à la Reine , que cette pauvre
Princeffe ne put retenir fes larmes ; elles coulerent en fi grande abondance , que le Roi qui
l'aimoit beaucoup , & dont la
tendreffe étoit augmentée par la
fituation où elle fe trouvoit , ne
put s'empêcher de fe mettre en
colere., & de lui répondre des
chofes un peu trop fortes , &
malheureufement il lui reprocha
fon humeur. Dieu fçait combien
Madame Grognon tira parti de
cette converfation , & combien
voyant que l'on avoit tort avec
elle ; car effectivement le Roy
en avoit un peu trop dit , elle
en profita pour rappeller tous les
torts qu'elle prétendoit avoir re-
çus en fa vie. Elle témoigna par
une grande abondance de paroles la joye d'avoir raifon pour la
premiere fois , & jura par fa baguette

guettte & par son clavier, de se venger du peu de déference que l'on avoit pour elle... Le Roy lui répondit encore, tant il étoit aveuglé par sa colere; qu'il ne craignoit rien, & que les Rois étoient indépendans. Oui, vous êtes Roy, dit Madame Grognon, mais vraiment vous êtes un beau grand Roy, bien docile; & vous avez bien profité de l'éducation que je vous ai donnée: Vous êtes Roy, continua-t'elle, nous sçavons bien graces à qui vous l'êtes devenu; mais vous allez être pere, puisque vous en avez tant d'envie: vous le serez, j'en jure, plus que vous ne le voudrez. Je suis bien aise de voir de quelle façon vous me répondez, & nous verrons comment vous vous en trouverez. Ensuite elle le quitta brusquement pour aller

aller gronder tous ceux qu'elle rencontra. La Reine fut allarmée de cette avanture, & des menaces de la Fée ; elle fit fentir au Roy, quand fa colere fut paffée, les fuites fâcheufes qu'elle pouvoit avoir ; mais ne fçachant quel remede y apporter, ils demeurerent l'un & l'autre dans une grande inquiétude. Ceux qui ont des humeurs, ne font pas toujours dans les mêmes accès ; fouvent même ils fe repentent d'en avoir fait fouffrir les autres. Soit que Madame Grognon fût dans ce cas, ou qu'elle fût plus à fon aife dans cette Cour pour y gronder, elle y reparut, fans parler de ce qui s'étoit paffé, mais de plus mauvaife humeur que jamais, non-feulement parce qu'elle avoit eu tort, mais parce que le Roy & la Reine furent plus foumis

mis qu'ils ne l'avoient encore été.
Cependant la Reine étant deve-
nuë groſſe à l'excès, mit au monde ſept beaux enfans ; & quand
elle dit à la Fée avec une douleur extrême : Madame , voilà
bien des enfans ; Madame Grognon lui répondit : Dame auſſi,
vous en avez voulu, des enfans,
en voilà : à vous entendre , je
croyois que vous n'en auriez jamais aſſez; c'eſt votre affaire,
accommodez-vous ; mais vous
n'y êtes pas encore, je vous en
avertis, & vous verrez bien autre
choſe. Si vous aviez été ſoumis à
ma prudence, & ſi vous m'aviez
laiſſé faire , vous auriez eu des
enfans comme tout le monde,
mais vous en avez voulu, oh!
vous en aurez , ſur ma parole.
Mais , Madame , lui répondit la
Reine , j'en ai déja , ce me ſemble,

ble., un nombre suffisant. Bon,
bon., c'est une bagatelle que
sept, lui dit Madame Grognon.
En effet, la Reine s'étant absolument rétablie, devint grosse en
très-peu de tems , & accoucha ,
comme la premiere fois, de sept
Princes ou Princesses, qu'il fallut
recevoir sans se plaindre , dans
la crainte d'en avoir encore davantage. Madame Grognon après
l'avoir grondée de ce nombre
prodigieux d'enfans, tout autant
que si la chose avoit dépendu
d'elle, lui promit , touchée par
ses larmes & par sa docilité ,
qu'elle n'en auroit plus. Mais
quatorze Princes du Sang sont
très-embarrassans dans un Etat ;
& quelque riche que l'on soit,
un si grand nombre d'enfans
coûtent à nourrir, à élever, &
puis après à établir. Madame
Gro-

Grognon oublia , comme tous
ceux qui ont de l'humeur , qu'elle s'étoit mife elle - même dans
l'embarras d'une fi nombreufe
famille ; & jufques à ce que les
petits enfans fuffent en âge d'ê-
tre grands , elle ne fut point fâchée d'avoir à reprendre toutes
les Mies & les Nourrices qu'il
fallut avoir en grand nombre
pour les élever. C'étoit un train
quand elle étoit dans la chambre des enfans , fi grand , que
l'on ne fçavoit où fe fourrer. La
fimplicité des Cours d'autrefois
étoit extrême , & les enfans des
Rois joüojent tous les jours avec
ceux des particuliers , ce qui
n'étoit pas étonnant , puifqu'ils
alloient enfemble à la même
école; la politique trouvoit alors
des raifons pour autorifer cet
ufage , qu'elle ne trouve plus
au-

aujourd'hui. Il y avoit tout auprès du Palais un bon Charbonnier qui vivoit tranquillement
dans sa petite maison du charbon qu'il vendoit ; tous ses voisins le consideroient, parce qu'il
étoit le plus honnête homme du
monde ; le Roy lui-même avoit
une grande confiance en sa capacité , & le consultoit sur les affaires de l'Etat ; on le nommoit
le Charbonnier tout court , &
l'on ne vouloit point à plus de
deux lieuës à la ronde , avoir
d'autre charbon que le sien. Il
en portoit dans toutes les Mai-
sons des grands Seigneurs & des
Fées , & par-tout on le recevoit
à merveille , si bien même que
les petits enfans n'en avoient
aucune peur , & que l'on ne leur
disoit point de lui : Soyez sages ,
voila le Charbonnier qui va vous

em-

emporter. Quand il avoit tra-
vaillé tout le jour, il revenoit
dans sa petite maison goûter le
repos & la liberté, car il étoit
le maître chez lui. Il étoit veuf
depuis long-tems ; & sa femme,
avec laquelle il avoit vêcu, ne
lui avoit laissé qu'une petite fille,
nommée Mignonnette, qu'il aimoit à la folie ; la régularité de
ses traits perçoit à travers la va-
peur du charbon, dont la maison
de son pere étoit remplie ; &
malgré les mauvais habits dont
elle étoit vêtuë, on étoit frappé
de toutes les graces dont la nature l'avoit comblée. Le petit
Pinçon, le dernier des enfans
du Roy, étoit aussi vif que joli ;
& par un sentiment naturel, il
cherchoit toujours Mignonnette, la préferant à tous les autres
petits enfans pour joüer avec
elle,

elle, si bien même, qu'on ne
voyoit presque jamais l'un sans
l'autre. Le Charbonnier cependant sentoit qu'il avançoit en
âge, & il étoit inquiet sur le sort
de Mignonnette quand il ne seroit plus. La bonté que le Roy
avoit pour lui, ne lui paroissoit
pas une ressource pour elle. Bon,
disoit-il tout haut, en rêvant à
cette affaire, il est accablé de
famille ce Roy là ; il a tant de
choses à demander à Madame
Grognon pour lui - même, &
cette Madame Grognon est si
difficile à vivre, qu'il n'oseroit
jamais lui dire un mot pour ma
fille ; & quand il me promettroit
de le faire, je ne m'y fierois pas,
continuoit-il, & finissoit toujours
ses réflexions par trouver le Roy
plus malheureux que lui. Mais
enfin, après y avoir bien pensé,

K 2   il

il ne fçavoit quel parti prendre,
& rien ne foulageoit fon inquiétude. Il alloit donc dans toutes
les maifons du voifinage, mais
il étoit encore mieux reçû dans
celle d'une Fée bienfaifante, qui
fe nommoit la bonne Prâline, &
c'eft elle en effet qui a donné
fon nom aux Dragées que nous
connoiffons, parce qu'elle les
avoit inventées. Cette bonne Fée
apperçut un jour le Charbonnier
dans la cour de fon Château,
elle lui fit plufieurs queftions,
aufquelles il répondit d'une façon qui la contenta; l'inquiétude
qu'il lui témoigna fur le fort de
Mignonnette, l'attendrit au point
qu'elle réfolut d'en prendre foin.
Elle lui ordonna donc de la lui
amener le Dimanche fuivant;
le bon homme tout à la fois
charmé de l'établiffement de fa
fille,

fille, & fâché de s'en féparer,
exécuta l'ordre qu'il avoit reçû :
Il lui fit mettre du linge blanc,
& porter les fabots neufs qu'il
lui avoit achetés la veille avec
de beaux deffeins deffus. Mignonnette fautoit autour de lui, cour-
roit devant, revenoit lui prendre la main, en difant toujours,
nous allons au Château ; c'étoit
en effet tout ce que le Charbonnier lui avoit dit de leur voyage.
Prâline les reçut à merveille ;
& malgré les beautés du Château, & tout le Sucre & les Dragées qu'on lui donna, Mignonnette ne vouloit point quitter
fon cher Papa ; & quand elle ne
le vit plus, elle pleura pour la
premiere fois de fa vie. Ce bon
fentiment toucha la Fée, qui ne
l'en aima que davantage : Tous
ceux qui furent témoins de cette

K 3   fépa-

féparation, difoient : Ma petite
fille n'en feroit pas autant pour
moi ; mais enfin petit à petit Mignonnette ceffa de pleurer, &
la Fée qui en faifoit tout ce qu'-
elle vouloit, fans être à la peine
ni de la gronder, ni de lui dire
deux fois la même chofe, la rendit en très-peu de tems la plus
jolie enfant du monde, & qui
couroit toujours les bras ouverts pour embraffer fon Papa,
& cela du plus loin qu'elle le
voyoit, au rifque même de noir-
cir & de gâter les beaux habits
que la Fée lui donnoit fans ceffe.
Après avoir fait des careffes à fon
Papa, elle lui demandoit toujours des nouvelles de Pinçon,
& lui donnoit fes plus beaux
Joüets & fes meilleures Dragées
pour lui porter. Le Charbonnier
s'acquittoit de fa commiffion ; &
le

le petit Prince de fon côté, demandoit toujours des nouvelles
de Mignonnette, & difoit qu'il
voudroit bien la revoir. Mignonnette toujours plus aimée de la
Fée, parvint à l'âge de douze
ans, & ce fut dans ce tems que
Prâline fit un jour monter le
Charbonnier dans fon Cabinet;
elle étoit fi bonne, qu'elle ne
voulut jamais l'entretenir de-
bout, & ce ne fut pas fans peine
qu'elle le fit affeoir : il eft vrai
qu'il étoit affez fingulier de voir
le Charbonnier dans un Fau-
teüil de fatin blanc brodé, qui
ne fçavoit quelle contenance tenir. Quand il fut affis, la Fée lui
dit : Bon homme, j'aime votre fille; Madame, c'eft votre grace, lui
répondit le Charbonnier ; mais
vous avez bien raifon, elle eft fi
gentille ; & je veux, reprit la
K 4 bonne

bonne Prâline , vous confulter
fur ce que j'en ferai ; vous fçavez , ou vous ne fçavez pas , continua-t-elle , que je ferai bien-tôt
obligée d'aller habiter un autre
Pays ; eh ! bien , Madame , dit le
Charbonnier , vous l'emmenerez
avec vous , fi vous avez tant de
bonté ; c'eft ce que je ne puis
faire , repliqua la Fée , mais je la
puis bien établir , voyez ce que
vous défirez pour elle ; eh ! bien ,
Madame , lui répondit le Charbonnier , faites la Reine d'un
auffi petit Royaume qu'il vous
plaira. La Fée furprife de cette
propofition , lui repréfenta que
plus on étoit élevé, plus on avoit
de peine : le Charbonnier l'affûra
toujours qu'il avoit entendu dire
qu'il y avoit des peines par-tout,
& que celles de la Royauté a-
voient au moins plus de confola-
tions ;

tions ; ce n'eſt pas , ajouta-t-il ,
que je vous prie de me faire Roy ;
moi ! non , je veux demeurer
Charbonnier , c'eſt un métier
que je ſçai ; & je ne ſçai peut-être
pas l'autre ; mais Mignonnette
eſt jeune , il ne lui ſera pas difficile d'apprendre celui que je vous
propoſe ; je ſçais bien à peu près
comme il ſe fait , car je le vois
faire tous les jours. Nous verrons,
lui dit Prâline , en le renvoyant,
ce qui me ſera poſſible ; mais je
vous avertis d'avance qu'elle aura
beaucoup à ſouffrir. Bon , Madame, lui répondit-il , j'ai ſouffert
moi , pour n'attraper pas grand
choſe ; ayez ſeulement la bonté
de la faire Reine , voilà tout ce
que je vous demande , continua-
t-il en s'en allant.

Pendant ce tems Madame Grognon avoit établi preſque tous

les enfans du Roy & de la Reine; elle avoit envoyé les uns chercher fortune, & ils avoient trouvé des Royaumes; les Princesses avoient été bien mariées, sans que l'on ait jamais sçu précisément le détail de leurs avantures. Le cadet des quatorze, le petit Pinçon, étoit le seul pour lequel elle n'avoit rien fait. Un jour elle arriva à la Cour du Roy & de la Reine dans ses dispositions ordinaires; & trouvant le petit Prince que son pere & sa mere caressoient, elle leur dit: Voilà bien un enfant gâté, c'est vraiment là le moyen d'en faire quelque chose; je parie toutes choses au monde que cela ne sçait rien du tout: Voyons, continua-t-elle, en s'adressant au jeune Prince, dites-moi vos leçons tout à l'heure, & si vous y man-

manquez d'un mot, je vous donnerai le foüet; Pinçon dit ses leçons à merveille , parce qu'il les
sçavoit toujours sur le bout du
doigt : il ajouta même beaucoup
de choses très-suprenantes pour
son âge. Le Roy & la Reine n'o-
soient lui témoigner leur joye ,
dans la crainte de redoubler l'humeur de Madame Grognon , qui
répetoit toujours que les leçons
qu'on lui donnoit , ne valoient
rien, & qu'elles étoient trop sça-
vantes & trop fortes pour un
enfant; & se retournant vers le
Roy & la Reine, elle leur dit ;
mais pourquoi ne m'avez - vous
encore rien demandé pour celui-ci ? Voilà comme vous êtes
toujours vous autres ; vous m'a-
vez fait placer tous vos benets
d'enfans, qui seront les plus sots
Rois du monde ; & parce que
K 6 celui-

celui-ci peut valoir quelque chofe , vous le voulez gâter tout à
votre aife ; car je le vois clairement, c'eft là votre bien aimé ;
oh bien ! je vous déclare qu'il
n'en fera pas ainfi , & que je
veux moi , le faire partir tout à
l'heure : il eft bien fait cet enfant,
continua-t-elle , ce feroit un
meurtre que de vous le laiffer
plus long-tems ; & je ne veux
pas avoir cela à me reprocher,
on ne fçait que trop dans le
monde que je fuis de vos amis,
& je ne fouffrirai pas que l'on
me jette la pierre pour une fantaifie mufquée comme la vôtre.
Ah çà , point tant de façons,
voyons enfemble ce que nous en
ferons, car je prens volontiers
confeil. Le Roy & la Reine lui
répondirent avec douceur, que
c'étoit à elle à en décider , &
qu'ils

qu'ils n'avoient point de volonté.
Eh bien, dit Madame Grognon,
il faut le faire voyager ; c'est
bien dit, Madame, reprirent à
la fois le Roy & la Reine ; mais
daignez penser, continua cette
derniere, que nos autres enfans
ont épuisé tous nos tréfors ; &
que ne pouvant le faire voyager
d'une façon convenable à son
rang, voyez quel défagrément
ce feroit pour nous, pourfuivit-
elle, s'il alloit dire tout le long
du chemin, étant en mauvais
équipage : Je fuis fils du Roy &
de la Reine. Ah! vous avez de
la vanité, s'écria Madame Grognon, elle eft vraiment bien
placée ; c'est un beau meuble
que la vanité, quand on a quatorze enfans ; mais après tout,
il ne vous en a gueres couté que
la peine de les faire ; ah ! je fuis
bien

bien-aife de vous entendre parler
comme vous faites, & d'apprendre à vous connoître. Vous dites
que vos enfans vous ont ruinés,
& c'eſt ainſi que vous êtes mé-
connoiſſans de tout ce que j'ai
fait pour eux ; je vous l'ai toujours bien dit que vous aviez un
mauvais cœur. Madame, lui répondit la Reine, nous avons toutes nos dépenſes écrites dans un
Livre de la main de mon Mary ;
c'eſt une choſe fort convenable
que celle-là, intérompit Madame Grognon ; jamais a-t-on parlé
d'un Roy qui ait fait des choſes
ſemblables ? J'en ai vû par cen-
taines des Rois, mais aucun n'a
ſeulement imaginé rien d'auſſi
miſérable : aſſurément je n'ai pas
à me reprocher de ne vous rien
dire, & de ne vous pas avertir
de tout ce que vous faites de
mal ;

mal ; mais puisque vous ne tirez
aucun parti de mes conseils, je
vois que je suis trop bonne, &
je me corrigerai de vous en donner. Allons, finissons cette affaire, car tout ceci commence à
m'échauffer la bile ; ce petit gar-
çon est vif comme un Papillon,
vous l'avez toujours applaudi, &
certainement il ira dire tout le
long du chemin : Je suis fils du
Roi & de la Reine ; & lui adressant la parole, elle lui dit : Pourquoi irez-vous dire une chose
comme celle-là ? Madame, lui
répondit Pinçon „je ne dirai que
ce que vous m'ordonnerez. Ce
n'est pas cela dont il s'agit, répliqua Madame Grognon, répondez à ce que je vous demande ; pourquoi direz-vous une
chose que vous sçavez qui n'est
pas bien ? car vous n'y manque-
rez

rez pas , puisque votre pere & votre mere qui vous connoissent bien , & qui vous excusent encore davantage , m'en ont fait leurs plaintes ? Madame , lui répondit le petit Pinçon , ils vous ont dit qu'ils le craignoient ; mais je vous promets de n'en rien faire. Ah ah ! comme cela raisonne déja ; mais je n'en suis pas surprise , il a de qui tenir pour répondre & pour être indocile ; on se ressemble de plus loin ; & bon chien chasse de race ; mais je vous jure que vous ne le direz pas le long du chemin , j'y mettrai bon ordre. Dans ce moment elle le toucha de sa baguette , & il devint le petit Oiseau qui porte encore aujourd'hui son nom. Le Roy & la Reine qui voulurent l'embrasser , ne toucherent plus qu'un Pinçon , car le changement

gement se fit en un clin d'œil :
ils le prirent l'un après l'autre sur
leur doigt ; mais à peine urent-ils
le tems de le baiser, car il prit
son vol en obéissant aux ordres
de la Fée, qui prononça ces ter-
ribles paroles : *Vas où tu peux,*
fais ce que tu dois ; les larmes du
Roy & de la Reine attendrirent
un peu Madame Grognon ; cependant elle les quitta, en leur
disant : Aussi c'est votre faute,
voilà comme vous êtes, & vous
voyez ce que vous me faites faire;
en rognonant entre ses dents,
elle monta dans sa Vinaigrette,
tirée par six Pies, & par autant
de Geais, qui faisoient un bruit
épouvantable en traînant la voiture. Madame Grognon fort é-
chauffée de tout ce qui venoit de
lui arriver, se rendit au Conseil
des Fées qui se tenoit ce jour là :

Elle

Elle fe trouva par hazard aux côtez de la bonne Prâline ; & comme il eft naturel de parler de ce dont on eft occupé, elle l'entretint de toutes les affaires du Roy & de la Reine, & des peines qu'elle avoit euës pour établir quatorze enfans ; mais toujours en accufant le Roy & la Reine qu'elle grondoit , & auf quels elle parloit comme s'ils avoient été préfens : Elle finit par demander à Prâline fi elle n'auroit point à fa difpofition quelque Royaume ou quelque Princeffe qui pût convenir au petit Pinçon. Prâline qui étoit la meilleure femme du monde, & qui condamnoit en elle-même l'humeur de Madame Grognon , l'affura qu'elle s'en chargeroit volontiers , pourvû qu'elle ne s'en mêlât plus, & qu'elle lui permît

mît d'éprouver fon caractere & fes fentimens. Faites-en tout ce qu'il vous plaira, lui répondit-elle, en parlant du nez plus que jamais, faites-en tout ce qu'il vous plaira, pourvû que je n'en entende plus parler, & pour lors elle céda avec joye à Madame Prâline tous fes droits de Féerie fur le petit Pinçon : elles en paf-ferent même un acte des plus autentiques.

Prâline frappée des rapports que la nature avoit mis entre Mignonnette & Pinçon, réfolut de les examiner avec plus d'at-tention, dans le deffein de faire la fortune & le bonheur de cette petite fille ; mais elle étoit preffée par le tems, car le jour de fon départ approchoit ; il falloit ce-pendant trouver le moyen de les laiffer fans inconvénient fur leur

bonne

bonne foi, travailler eux-mêmes
à leur établissement. Son premier
soin fut de courir après Pinçon,
qui charmé de voler, & naturellement vif, paroissoit difficile
à prendre ; mais un jeune Oiseau
peut-il résister au pouvoir d'une
Fée ? Prâline le prit aisément
dans un trébuchet : Elle le mit
aussi-tôt dans une belle Cage, &
le porta dans son Château ; d'a-
bord que le Prince apperçut Mignonnette, il reprit sa premiere
gayeté ; il battit des aîles, il se
mit aux bárreaux de sa Cage,
faisant tous ses efforts pour les
rompre & pour s'approcher d'elle ; quel plaisir pour lui de s'entendre dire par Mignonnette :
Bon jour mon fils, bon jour mon
petit ami ; mon Dieu qu'il est joli, & quel chagrin de ne pouvoir
lui répondre que par son rama-
ge;

ge ; mais il l'adouciſſoit, il le rendoit charmant , & lui donnoit
toutes les marques de tendreſſe
que peut donner un Oiſeau. Mignonnette en fut touchée ſans
avoir aucune idée de la vérité ,
& dit ſi naturellement à Prâline
qu'elle avoit toujours aimé les
Pinçons en demandant celui-ci
avec empreſſement , que la Fée
le lui donna en ſouriant. Touchée des impreſſions de la nature , elle lui recommanda ſeulement d'en avoir un grand ſoin ;
Mignonnette le promit ſans peine, & l'exécuta avec plaiſir. Le
jour du départ de la Fée étant
arrivé, elle dit adieu à Mignonnette: Ayez ſoin du Pinçon, lui
dit-elle , & ſur-tout , qu'il ne
ſorte point de ſa Cage ; car s'il
venoit à s'envoler, je me brouil-
lerois avec vous, & vous ſeriez
bien

bien malheureufe. Pour lors Prâline monta dans fon Char de Papier gris ; fon Château , fes Domeftiques , fes Chevaux & fes Jardins prirent avec elle le chemin des Airs, & Mignonnette fe trouva feule & bien trifte dans une petite maifon de Porcelaine, charmante à la vérité;mais quand on a du chagrin , à quoi fert une belle habitation ? Le Jardin préfentoit à tous les momens des cerifes , des grofeilles & des oranges , enfin tous les fruits imaginables , toujours murs & délicieux à manger. Le four, des petits gâteaux , des bifcuits & des macarons , & l'Office étoit garnie de toutes les confitures que nous connoiffons ; tant de bonnes chofes étoient capables de confoler & d'amufer ; mais elle s'apperçut que le Pinçon qui lui

lui étoit si cher, étoit toujours
endormi dans sa cage. Elle alloit
le voir à tous momens, sans qu'il
donnât la moindre marque de
réveil. Elle faisoit en elle-même de secrets reproches à la
Fée, de la priver d'une aussi
douce consolation. Enfin après
avoir tenté tous les moyens de
le réveiller, elle prit son parti, & voulut regarder l'Oiseau
de plus près, pour voir si elle
ne pourroit découvrir le mys-
tere que devoit renfermer la
conduite de la Fée. Ce ne fut
pas sans peine qu'elle forma cette
résolution, & sans éprouver les
remords & les craintes que l'on
a toujours quand on fait quelque chose qui nous est expressément défendu. Elle ouvrit plus
d'une fois la cage, mais elle la
refermoit aussi-tôt: ensuite elle
se

se reprocha sa timidité; & devenant plus hardie, elle prit l'Oiseau dans sa jolie petite main; mais à peine fut-il sorti de sa cage, qu'il s'envola, & se posa sur le bord d'une fenêtre, que pour comble de maux elle avoit laissé ouverte, tant elle étoit éloignée de prévoir cet accident. Saisie de trouble & de douleur, elle courut pour le reprendre; mais le Pinçon volant à quelques pas dans le Jardin, elle le suivit, en sautant par la fenêtre, qui n'étoit à la verité qu'au rez de chaussée; mais elle étoit si troublée, qu'elle en auroit fait autant d'un quatriéme étage. Les discours qu'elle lui tenoit pour le reprendre, étoient aussi tendres que naïfs. Cependant le Pinçon voloit toujours d'abord qu'elle se croyoit au moment de l'attraper.

Non

Non - feulement il fortit de l'enceinte de la Maifon ; mais après avoir
avoir parcouru la Campagne , il
arriva fur le bord d'une grande
Forêt , que Mignonnette n'apperçut qu'avec une douleur extrême , perfuadée qu'il étoit impoffible de retrouver un Pinçon
dans une Forêt. Cette inquiétude
ne l'agita pas long - tems ; car
l'Oifeau fur lequel elle avoit toujours les yeux , devint en un moment le Prince qu'elle avoit vû
dans fon enfance : Quoi ! c'eft
vous , s'écria-t-elle , & vous me
fuyez ? Oüi , c'eft moi , charmante Mignonnette , lui répondit-il ; mais un pouvoir furnaturel m'obligeoit à vous éviter ; je
veux m'approcher de vous , & je
fens qu'il m'en empêche ; en effet , ils reconnurent qu'ils étoient
obligés d'être au moins éloignés

de quatre pas. Mignonnette charmée, oublia promptement qu'elle
avoit défobéï à la Fée, & fes
craintes fe calmerent à mefure
que l'amour s'empara de fon
cœur.

N'ofant l'un & l'autre retourner à la Maifon dont ils venoient
de partir , & de plus , n'en fçachant pas trop le chemin , ils
entrerent dans la Forêt, où cueil-
lant des noifettes , & fe faifant
mille queftions fur ce qui leur
étoit arrivé depuis qu'ils ne s'é-
toient vûs , fur la joye de fe revoir , & fur l'efpérance de ne fe
point quitter , l'innocence de
leur cœur auroit pû rendre leur
entrevuë dangereufe fans la diftance qui leur étoit impofée. Ils
apperçurent une maifon de Paï-
fan , & marcherent de ce côté
pour y demander retraite pendant

dant la nuit , en attendant le
parti qu'ils prendroient pour le
lendemain. Ils ne furent pas long-
tems sans y arriver ; mais le Prince qui ne vouloit pas exposer
Mignonnette, lui dit : Attendez-
moi sous ce grand arbre, je vais
examiner la Maison, & voir qui
sont les gens qui l'habitent. Il
quitta donc Mignonnette pour
approcher d'une bonne femme
qui balayoit le devant de sa porte ; il lui demanda si elle voudroit le recevoir pendant la nuit,
lui & Mignonnette ; la Vieille
lui répondit : Vous m'avez bien
l'air d'être l'un & l'autre des enfans désobéïssans qui fuyez vos
parens , & qui ne méritez pas
que l'on ait aucune pitié de vous.
Pinçon rougit d'abord , mais il
lui dit ensuite les choses du monde les plus séduisantes ; il lui of-

L 2   frit

frit de travailler pour la foula-
ger , il parla enfin comme un
homme touché pour ce qu'il aime , & qui craignoit que Mignonnette ne paffât la nuit dans
le Bois , expofée aux Loups &
aux Ogres dont il avoit fouvent
entendu parler. Pendant qu'il
faifoit fon poffible pour fléchir la
Vieille , le Géant Chicottin qui
chaffoit à l'Ours dans la Forêt ,
paffa tout auprès de Mignonnette ; il étoit le Roy , ou plutôt le
Tiran du Pays. Mignonnette lui
parut charmante ; mais il fut furpris de ne la pas trouver charmée de le voir ; & fans lui dire
autre chofe , il donna ordre à
ceux qui le fuivoient , de prendre cette petite fille & de la lui
donner fous fon bras : il fut obéï ,
& piquant des deux ; il gagna
promptement le chemin de fa
Ca-

Capitale ; les cris de Mignonnette ne le purent attendrir ,
& ce fut alors qu'elle se repentit
d'avoir été désobéïssante, mais il
n'étoit plus tems ; ces mêmes cris
intérompirent la conversation de
Pinçon & de la Vieille : Il la quitta brusquement ; & courant au
lieu où il avoit laissé Mignonnette, quelle fut sa douleur quand
il la vit sous le bras du Géant ?
Il est très-sûr que s'il avoit été
avec elle au moment de cette
violence , qu'il auroit péri mille
fois plutôt que de la souffrir ,
mais il perdit promptement de
vûë Chicottin & sa suite ; & sans
regarder autre chose que la trace
des chevaux, il marcha sur leurs
pas. Le jour qui finit , ne lui per-
mit pas d'aller plus loin, & l'obs-
curité de la nuit le plongea dans
un état de douleur qui ne se peut

com-

comprendre, il est à croire même
qu'il n'auroit pas eu la force d'y
résister ; mais s'étant assis, il apperçut à ses côtés une petite lumiere qu'il prit d'abord pour un
ver luisant auquel il ne fit pas
d'attention. Cette lumiere aug-
menta si considerablement dans
la suite, qu'elle devint assez grande pour renfermer une femme
vêtuë de brun, qui lui dit : Con-
solez-vous, Pinçon, ne vous aban-
donnez point au désespoir ; prenez cette gourde & cette pannetiere, vous les trouverez toujours remplies de ce que vous
aurez envie de boire & de manger ; gardez encore cette petite
baguette de Noisetier, & met-
tez-là sous votre pied gauche ;
nommez-moi toutes les fois que
vous aurez besoin de moi, & je
viendrai à votre secours ; ce chien
qui

qui m'accompagne a ordre de ne vous point quitter, vous pourrez en avoir besoin ; adieu Pinçon, continua-t-elle , je suis la bonne Prâline. Tant de bontés & de présens n'avoient que foiblement touché le Prince ; mais à ce nom dont Mignonnette l'avoit entretenu , il embrassa les genoux de la Fée , en lui disant : Ah ! Madame , on enleve Mignonnette ; se peut-il que vous soyez occupée d'autre chose que du secours que vous lui devez : je sçais ce qui vient de lui arriver , poursuivit la Fée ; mais elle m'a désobéï , je n'en veux plus entendre parler , vous seul la pouvez secourir. A ces mots la lumiere s'éteignit , & Pinçon ne vit plus rien. Au milieu de sa douleur , il se trouva flatté d'être le seul qui pût être utile à Mignonnet-

te ;

te ; cependant mille idées de jaloufie & d'inquiétude le tour-
menterent, & les careffes de fon
nouveau chien ne furent pas capables de diffiper un feul moment fa douleur. Le jour qu'il
attendoit avec tant d'impatience
arriva ; il continua fon chemin
avec une fi grande ardeur, qu'il
arriva le foir même à la Capitale
du Géant, où tout le monde ne
parloit que de la beauté de Mignonnette, & de l'amour que
Chicottin avoit pour elle. On
difoit que le Roy l'épouferoit in-
ceffamment ; on ajoutoit que l'on
faifoit déja la Maifon de la nouvelle Reine ; car le peuple en-
taffe les faits , & les augmente
avec autant de facilité qu'un
Amant inquiet fe les perfuade.
Ces nouvelles perçoient le cœur
de Pinçon ; & ceux avec lefquels
il

il s'étoit entretenu, le voyant
avec la pannetiere que Prâline
lui avoit donnée, difoient tous :
Voilà un joli Berger ; que ne
va-t-il garder les Moutons du
Roy, auffi-bien en a-t-il befoin
d'un, & certainement on lui donneroit cette Charge fi l'on fçavoit feulement qu'il fût à loüer :
ces difcours joints à l'envie qu'il
avoit de s'approcher de Mignonnette, l'engagerent à s'aller préfenter au Roy pour garder fes
Moutons ; en effet, Chicottin
l'ayant examiné, l'en trouva
très-capable ; & comme il ne fit
aucune difficulté fur ce qu'on lui
donneroit pour fes peines, il fut
reçû Berger du Roy ; mais cette
Charge ne l'approchant pas beaucoup des Appartemens, il n'en
fut pas beaucoup plus avancé ;
il entendoit feulement dire dans

la Maifon que Chicottin étoit
fort trifte , parce que Mignonnette ne l'aimoit point. Ces nouvelles le confoloient un peu ;
mais quelques jours après , en
conduifant fon Troupeau , il vit
fortir du Palais un Char à toute
bride, dans lequel il reconnut Mignonnette , environnée de douze
Negres à cheval, qui tous avoient
de grands fabres à la main ; où
courez - vous , leur cria Pinçon,
le plus inutilement du monde ,
en leur préfentant le fer de fa
Houllette ? Mignonnette apper-
cévant Pinçon dans un fi grand
péril perdit connoiffance , & Pinçon demeura fans aucun fentiment. Quand il eut repris fes
fens, il eut recours à fa baguette,
& Prâline arriva tout auffi-tôt.
Ah ! Madame , lui dit - il , Mignonnette eft perduë , peut-être
elle

elle ne vit plus. Non, lui répondit la Fée ; Chicottin mécontent
de la façon dont elle lui a répondu, & de la fidélité qu'elle vous
garde, la fait conduire dans la
Tour sombre, c'est à vous à
trouver les moyens d'y entrer ;
imaginez, & je vous seconderai ;
songez seulement qu'ayant été
déja Oiseau, je ne puis vous donner cette forme ; au reste, je vous
avertis que Mignonnette aura
beaucoup à souffrir, car cette
Tour est une terrible prison :
Mais elle est traitée comme elle
le mérite ; pourquoi m'a-t-elle
désobéi, dit-elle, & elle disparut. Le Prince, ou plutôt son
Chien, conduisit tristement les
Moutons du Roy sur le chemin
qu'avoit pris le Char de Mignonnette ; il ne fut pas long-tems
sans appercevoir cette funeste
L 6 Tour,

Tour ; elle étoit au milieu d'une Plaine , & n'avoit ni porte , ni fenêtre ; on n'y pouvoit entrer que par un chemin pratiqué sous terre , dont l'ouverture étoit cachée dans la Montagne voisine, & dont il falloit sçavoir le secret. Pinçon fut bien heureux d'avoir un Chien aussi habile que celui que la Fée lui avoit donné , car il faisoit toute la besogne , & pour lui ses yeux étoient continuellement attachés sur la Tour sombre : Plus il l'examinoit , & plus il étoit convaincu de l'impossibilité de s'y pouvoir introduire ; mais l'amour qui vient à bout de tout , lui en fournit enfin les moyens. Après avoir mille fois regretté son ancien état de Pinçon , dont il n'avoit jamais fait d'autre usage que celui de voler indifféremment, il conjura

la

la bonne Fée Prâline de le changer
en Cerf-volant ; elle y confentit,
& donna le pouvoir à fon Chien
de l'exécuter. Après avoir aboyé
trois fois, il prenoit la baguette
de Noifetier dans fa gueule ; &
touchant le Prince, il devenoit
Cerf-volant, ou ceffoit de l'être,
fuivant l'occafion ; enfuite par le
fecours de ce même Chien, dont
l'adreffe & la fidelité étoient ex-
trêmes, il fe fit enlever, & parvint aifément fur la Tour : Quelle
joye pour lui que celle de fe voir
auprès de Mignonnette, & d'entendre les affurances de fon a-
mour ; & quel plaifir il reffentoit
(car il avoit confervé l'ufage de
la parole) à lui témoigner fa reconnoiffance des fentimens qu'-
elle avoit pour lui, & de la Couronne qu'elle avoit refufé pour
l'amour de lui ; Il auroit aifément
ou-

oublié qu'il ne pouvoit pas toujours demeurer fur la Tour, &
qu'il étoit obligé de mener fon
Troupeau, fi le Chien plus attentif à fon devoir qu'il ne l'étoit
lui-même, n'avoit eu le foin de
retirer la corde quand il en étoit
tems. Pour lors Pinçon étant arrivé à terre, reprenoit fa jolie
figure, & conduifoit fes Moutons au Palais du Roy, n'étant
occupé que de l'inftant heureux
qui l'amenoit auprès de Mignonnette; auffi les jours qu'il n'y
avoit point de vent pour l'enlever, fa douleur étoit-elle extrême; mais il avoit du moins la
confolation de penfer que Mignonnette partageoit fon chagrin : Ils fe virent & fe parlerent
quelque tems de cette forte;
mais enfin, comme il y a toujours des gens qui fe mêlent de
ce

ce qui ne les regarde pas, d'autres qui veulent être inſtruits,
& qu'il s'en trouve encore en
plus grand nombre de ceux qui
veulent faire leur cour, le Cerf-
volant fut remarqué ; on le vit
s'arrêter ſur la Tour ſombre, &
l'on en rendit compte à Chicottin, qui vint au plutôt dans la
Plaine, réſolu de punir les témé-
raires qui oſoient par cette voye
faire tenir des Lettres à Mignonnette ; car il n'imaginoit pas que
le Cerf-volant pût être utile à
aucune autre choſe. Mignonnette & Pinçon s'entretenoient alors
le plus tendrement du monde,
& cette converſation ſi douce
fut intérompuë par la vivacité
avec laquelle le Chien fidele enleva promptement le Prince ; il
en agiſſoit ainſi, parce que Chicottin couroit à lui après avoir
crié

crié plusieurs fois : Où est le Berger ? où est le Berger ? il faut que je le tue, puisqu'il ne m'a pas averti de tout ce qui se passe ici ; & le Chien craignant avec raison que le Géant en lui prenant la corde qu'il tenoit dans sa gueule, ne disposât à son gré du Prince auquel il étoit fort attaché, prit le parti de la lâcher, & d'abandonner le Cerf-volant à l'effort du vent, qui ce jour là, se trouvoit d'une grande force. Le Cerf-volant alla tomber à plus d'une lieuë sur la Montagne, & le Chien eût encore le tems de se charger de la gourde, de la pannetiere, & de la baguette de son Maître avant que Chicottin l'eût approché : il lui fut aisé d'éviter sa poursuite ; & remarquant le lieu où le Prince étoit tombé, il le joignit en un instant, & lui fit

aussi-tôt

auffi-tôt reprendre fa premiere
forme. Ils fe cacherent l'un &
l'autre fans peine dans la Montagne à la faveur de la nuit qui
furvint, tandis que Chicottin,
écumant de colere, fut obligé
de ramener lui-même fes Moutons à fon Palais; & pour empêcher que perfonne n'approchât
de Mignonnette, il fit venir toutes fes Armées dans la Plaine,
en leur ordonnant de faire fenti-
nelle jour & nuit, & d'empêcher
qui que ce pût être d'approcher
de la Tour fombre. Pinçon voyoit
tout cela de la Montagne où il
étoit demeuré ; & ne penfant
qu'aux moyens de délivrer Mignonnette, il invoqua de nouveau le fecours de Prâline; mais
quand le Prince lui eût demandé
des Armées pour combattre celles du Roy Chicottin, elle dif-
paruc

parut fans lui rien dire , en lui laiffant feulement une poignée de Verges & un grand fac de Dragées. Il eft bien difficile d'entendre raillerie quand on fe croit plaifanté fur la chofe qui touche le plus ; cependant le Prince ne témoigna aucune humeur du ridicule de ce Préfent ; mais avec cette confiance que l'on doit avoir pour les Fées , & rempli de celle que l'amour fçait donner , il prit le fac fous fon bras gauche , mit à fa main droite fa poignée de Verges , & fuivi de fon Chien , il marcha fierement aux Ennemis. A mefure qu'il en approchoit , il voyoit que leur taille diminuoit , & que leurs rangs s'ébranloient ; furpris de cet évenement , quand il fut à portée de fe faire entendre , & qu'il reconnut clairement que tous ces grands

grands Soldats & tous ces Gre-
nadiers à mouftache étoient de-
venus des enfans de quatre ans,
il leur cria en faifant la groffe
voix : Rendez-vous tout à l'heure, ou le foüet ; pour lors prefque toute l'Armée plia devant
lui, & s'enfuit en pleurant. Le
Chien qui courut après, acheva
de les mettre en défordre, & de
les épouvanter. Il donna des
Dragées à tous ceux qu'il pût
joindre ; & par ce moyen, ils
devinrent foumis à fes ordres,
& déterminés à le fuivre par-
tout. L'exemple de ceux-ci en
ramena plufieurs de ceux qui
avoient pris la fuite ; de façon
que non-feulement Chicottin
n'eût plus d'Armée pour fe défendre, mais que Pinçon en com-
mandoit une formidable ; car
tous ceux qui s'étoient donnés à
lui

lui de bonne foi , reprenoient
leur taille & leur force. Chicottin arriva sur la fin de l'affaire ,
pour être le témoin de la perte
de son Armée ; & malgré sa force
& sa grande taille , à la vûe de
Pinçon il devint non-seulement
tout aussi enfant que les autres ,
mais encore un très-petit nain ,
avec les jambes croches ; le Prince lui fit faire un bonnet à la Dra-
gonne , & un habit de Livrée
avec des manches pendantes ,
pour le mettre en état de porter
la queuë de Mignonnette dans
les Appartemens. Le premier soin
de Pinçon après cette grande victoire, fut celui de courir promptement à l'entrée de la Tour
sombre, & de délivrer Mignonnette. Alors l'éloignement auquel ils étoient condamnés , ne
subsistoit plus ; les inquiétudes
qu'elle

qu'elle avoit euës en dernier lieu
pour le Cerf-volant, l'avoient si
prodigieusement abbatuë, qu'elle n'étoit pas reconnoissable ;
mais le plaisir de retrouver la liberté, & celui de la devoir à un
Amant aimé, la rendirent en un
moment plus jolie qu'elle ne l'a-
voit jamais été. Mignonnette &
Pinçon commençoient à s'entretenir, quand ils furent arrivés
dans la Ville avec cette joye
que l'on éprouve après les heureux évenemens, lorsque Prâline
& Madame Grognon arriverent
de différens côtés, & chacune
dans leur Voiture. Ces heureux
Amans marquerent aux Fées
leur reconnoissance, & les prie-
rent de décider de leur sort.
Madame Grognon leur répondit : Pour moi, je vous déclare
que je ne me suis point mêlé de
vous ;

vous ; il faudroit être folle pour se charger de pareille marchandise, aussi je n'en prendrai pas le moindre soin ; est-ce que je n'en ai pas assez de toute votre famille, ajouta-t-elle ? Qui jamais a eu tant de parens que vous en avez, en prenant Pinçon à parti ? Encore quels parens ? Ma sœur, lui dit Prâline avec douceur, vous sçavez nos conventions, ayez seulement la bonté d'envoyer chercher le Roy & la Reine, & mandez-leur d'amener le Charbonnier, je me charge de tout le reste ; c'est-à-dire, lui répondit Madame Grognon, que je suis ici le Fiacre de la Nôce. Eh non, ma sœur, lui repliqua Prâline ; mais si vous ne voulez pas vous charger de ce soin, ayez seulement la bonté de le dire, & j'irai s'il le faut

Ma-

Madame Grognon en difant toujours: Voilà une belle commiffion, voilà une belle chienne de
commiffion, ordonna à fa Vinaigrette (qui s'élargiffoit fuivant
le befoin) d'aller chercher le
Roy, la Reine & le Charbonnier;
& pendant que Prâline embraf-
foit & careffoit ces aimables enfans, elle rencontra Chicottin,
devenu petit Laquais; car pour
gronder, tout lui étoit bon, &
Dieu fçait tout ce qu'elle lui dit,
combien elle lui reprocha d'avoir
eu de l'humeur & de la vanité;
vous en voilà puni, lui dit-elle,
& c'eft bien fait, car perfonne
ne vous plaint, & tous vos Sujets fe mocquent à préfent de
vous; ils s'en font bien toujours
mocqués, mais c'étoit tout bas;
à préfent vous n'avez qu'à les é-
couter. Elle profita de cette dif-

fipation

sipation que le hazard lui avoit donné jusques à l'arrivée du Roy & de la Reine, ausquels elle dit en débarquant : Ce n'est pas moi toujours qui vous fait venir ici, & je suis bien fâchée de vous y voir, car vous allez devenir plus difficiles à vivre que vous ne l'avez jamais été ; on ne pourra plus vous parler ; oh bien, ce ne sera pas moi qui vous donnerai des conseils ; ils seroient joliment écoutés, vous en donnera qui voudra ; mais peu m'importe, voilà ce que j'y trouve de meilleur. Allons passez là-dedans, vous en mourez d'envie, & je vois clairement que je vous suis insupportable ; mais tout cela se retrouvera sur ma parole. Et regardant le Charbonnier : Ne voilà-t-il pas, dit-elle, un bel objet, pour être à la Nôce d'un Prince ?

Prince ? Il n'étoit pas homme à
demeurer sans replique, non plus
qu'à se contraindre sur la vérité;
mais heureusement la bonne Prâline intérompit la conversation,
en priant la Compagnie d'entrer
dans le Palais. Elle ne put jamais
obtenir de Madame Grognon
de demeurer dans un lieu où la
joye éclatoit de toutes parts; en
effet, en nazillant, en marmo-
tant à voix basse plusieurs choses
à la fois, elle remonta dans sa
Voiture, & quitta la Compagnie.
Mignonnette embrassa mille fois
son cher Papa, à qui rien n'avoit
manqué ; car Prâline lui avoit
donné la petite Maison de Porcelaine, dans laquelle il avoit
souvent reçû & régalé le Roy &
la Reine. Ils embrasserent leur
cher petit Pinçon, & consenti-
rent au mariage de Mignonnette

que Prâline leur proposa. Après avoir dispensé les Sujets de Chicottin du serment qu'ils lui avoient prêté, elle fit reconnoître Pinçon, qui se trouva par ce moyen Roy d'un beau & grand Royaume, & Mary de la jolie Mignonnette dont il eut de beaux Enfans bien sages qui furent aussi Rois & Reines ; tant il est vrai qu'une fille bien sage & bien jolie fait sa fortune & celle de ses parens.

L'EN-

L'ENCHANTEMENT
IMPOSSIBLE.

CONTE.

IL étoit une fois un Roy fort aimé de ses Sujets, & qui de son côté les aimoit beaucoup. Ce Prince avoit une répugnance infinie pour le mariage, & ce qui est encore de plus étonnant, l'amour n'avoit jamais fait la plus foible impression sur son cœur. Ses Sujets lui representerent avec tant d'instance la nécessité de se donner un successeur, que le bon Roy consentit à leur demande. Mais comme toutes les femmes qu'il avoit vûës jusqu'alors ne lui avoient pas inspiré le

M 2   plus

plus foible defir, il réfolut d'aller chercher dans les Pays étrangers ce que le fien n'avoit pû luí préfenter; & malgré les plaifanteries aigres & piquantes des belles & des laides femmes de fon Pays, il entreprit fes voyages, après avoir donné une forme auffi tranquille que folide au gouvernement de fes Etats. Il ne voulut être accompagné que d'un feul Ecuyer, homme de très-bon fens, mais qui n'avoit pas beaucoup de brillant dans l'efprit. Ces fortes de compagnies ne font pas les plus mauvaifes en voyage.

Le Roy parcourut inutilement plufieurs Royaumes, en faifant tous fes efforts pour devenir amoureux; mais fon heure n'étant pas encore venuë, il reprenoit le chemin de fes Etats, après

deux

deux ans d'abſence & de fatigues,
& revenoit avec la même indifference qu'il avoit emportée de
ſon Pays. Quoiqu'il en ſoit, en
traverſant une Forêt, il entendit
un miaulement de Chats épouvantable. Le bon Ecuyer ne ſçavoit que penſer du commencement d'une telle avanture. Toutes les hiſtoires de Sorciers qu'il
avoit entendu raconter, lui revinrent alors dans l'eſprit. Pour
le Roy, il fut aſſez ferme : le
courage & la curioſité l'engagerent à attendre quelle ſeroit la
fin d'un bruit auſſi étrange que
déſagréable. Enfin le bruit s'approchant toujours du lieu où ils
étoient, ils virent paſſer cent
Chats d'Eſpagne qui traverſerent
la Forêt ſous leurs yeux. On les
auroit couverts d'un manteau,
tant ils étoient bien ameutés, &

M 3   tant

tant ils étoient bien fur la voye.
Ils étoient appuyés par deux des
plus grands Singes que l'on ait
jamais vûs. Ils portoient des fûr-
touts de couleur Amarante ; leurs
bottes étoient les plus jolies du
monde, & les mieux faites. Ils
étoient montés fur deux fuper-
bes Dogues d'Angleterre, & pi-
quoient à toute bride en foufflant
dans de petites trompettes de la
Foire. Le Roy furpris d'un tel
fpectacle, les regardoit avec attention, quand il vit paroître
une vingtaine de petits Nains,
les uns montés fur des Loups
cerviers, & menant des relais;
d'autres à pied, qui conduifoient
differens couples de Chats. Ils
étoient vêtus d'Amarante comme les Piqueurs ; cette couleur
étoit la Livrée de l'Equipage. Un
moment après il apperçut une
jeune

jeune perſonne charmante par ſa beauté, & l'air fier avec lequel elle montoit un grand Tigre, dont les allûres étoient admirables. Elle paſſa devant le Roy, courant à toutes brides, ſans s'arrêter & ſans même le ſaluer; mais quoiqu'elle eût à peine jetté les yeux ſur lui, il fut enchanté d'elle, & ſa liberté diſparut comme un éclair.

Dans le trouble qui le ſaiſit alors, il apperçut un Nain écarté de l'Equipage, & demeuré derriere les autres; ce fut à lui qu'il s'adreſſa, avec cette prévenance que donne la curioſité de l'amour pour s'inſtruire de ce qui le touche. Le Nain lui apprit que la perſonne qu'il venoit de voir, étoit la Princeſſe Mutine, fille du Roy Prudent, dans les Etats duquel il ſe trouvoit. Il lui apprit encore que cette Princesse aimoit beaucoup la chasse, & qu'il venoit de voir passer son Equipage du Lapin. Le Roy ne s'informa plus que du chemin qu'il devoit prendre pour se rendre à la Cour. Le Nain le lui montra, & piqua des deux pour rejoindre la chasse ; & le Roy, par une impatience qui accompagne toujours un amour naissant, piqua de son côté, & se trouva en moins de deux heures dans la Capitale des Etats du Roy Prudent. Il se fit présenter au Roy & à la Reine, qui le reçurent à bras ouverts, d'autant mieux qu'il déclara son nom & celui de ses Etats. La belle Mutine revint de la chasse quelque tems après cette présentation. Ayant appris que ce jour-là elle avoit forcé deux Lapins, il voulut

lut la complimenter fur une chaffe auffi heureufe ; mais la Princeffe ne lui répondit pas un mot.
Il fut un peu furpris de ce filence ; cependant il le fut encore
plus, quand il vit que pendant
le fouper elle n'en dit pas davantage. Il s'apperçut feulement
qu'il y avoit des momens où il
fembloit qu'elle vouloit dire quelque chofe ; mais il remarqua que
le Roy Prudent ou la Reine fa
femme (ne bûvant jamais en même tems) prenoient auffi-tôt la
parole. Ce filence n'empêcha pas
fon amour d'augmenter pour Mutine. Le Roy fe retira dans le
bel appartement qu'on lui avoit
deftiné, & ce fut là que le bon
Ecuyer ne fut point emporté par
la joye de voir fon Maître amoureux. Il ne cacha point au Roy
qu'il en étoit fâché. Et pourquoi
ce

ce chagrin, lui répondit le Roy; la Princesse est si belle; c'est assûrément tout ce que je pouvois desirer. Elle est belle, dit le bon Ecuyer; mais pour être heureux, il faut autre chose en amour que de la beauté. Tenez, Sire, ajouta-t'il, elle a quelque chose de dur dans la phisionomie. C'est de la fierté, s'écria le Roy, & rien ne sied mieux à une belle personne. Fierté, dureté, continua l'Ecuyer, tout comme vous le voudrez; mais le choix qu'elle a fait pour ses plaisirs de tant d'animaux mal-faisans, est à mon sens une preuve convaincante de sa férocité naturelle. De plus, l'attention avec laquelle on l'empêche de parler, m'est fort suspecte: le Roy son pere n'est pas nommé Prudent pour rien: je me défie même de ce nom de

Mutine;

Mutine ; il ne peut être qu'un adouciſſement ou qu'un diminutif des impreſſions qu'elle a données : car, vous le ſçavez mieux que moi, il n'eſt que trop d'uſage de flatter les défauts des perſonnes de ſon rang.

Les réflexions du bon Ecuyer étoient ſenſées ; mais comme les difficultés ne font qu'augmenter l'amour dans le cœur de tous les hommes, & ſur-tout dans celui des Rois, qui n'aiment point à être contredits, celui-ci dès le lendemain demanda la Princeſſe en mariage. Comme l'on avoit été inſtruit de l'indifference du Roy, le triomphe étoit complet pour les charmes de Mutine. La Princeſſe lui fut accordée, mais à deux conditions : la premiere, que le mariage ſe feroit dès le lendemain : la ſeconde, qu'il ne

M 6   par-

parleroit point à la Princesse qu'elle ne fût sa femme. L'on donna pour cette fois à ce silence le prétexte du premier vœu qui vint en pensée, & ce vœu fut trouvé par le Roi la preuve d'un cœur véritablement religieux. Ces grandes précautions furent encore l'occasion de fort grands discours que tint l'Écuyer, mais ils ne firent pas une plus grande impression que ceux qui les avoient précedés. Le Roy finit, après les avoir écoutés, en lui disant : J'ai eu tant de peine à devenir amoureux, je le suis, que diable veux-tu ? Je m'y tiendrai. Le reste du jour se passa comme le lendemain, en bals & en festins. La Princesse assista à tout, sans proferer une seule parole ; & le premier mot qu'il lui entendit prononcer, ce fut ce Oui fatal qui l'atta-

l'attachoit à lui pour toute sa vie.
Dès qu'elle fut mariée, elle ne se
contraignit plus, & la premiere
journée ne se passa pas sans qu'elle
eût fait une distribution d'injures
& de sottises très-étoffées à ses
Dames d'honneur. Enfin les paroles les plus douces dont elle
accompagnoit le service du monde le plus difficile, n'avoient
point d'autre caractere que celui
de l'humeur & de la brusquerie.
Le Roy son mari ne fut pas plus
exempt que les autres de ces façons de parler ; mais comme il
étoit amoureux, & que d'ailleurs
il étoit bon homme, il souffrit
tout patiemment.

Peu de jours après leur mariage, les nouveaux Mariés prirent le chemin de leur Royaume,
& Mutine ne fut regrettée de
personne dans les Etats du Roy
son

son pere. L'accüeil que Prudent avoit toujours fait aux Etrangers, n'avoit eu pour motif que l'espérance d'un amour pareil à celui que sa fille venoit d'inspirer, & celle d'une passion qui fût assez forte pour faire passer par dessus la connoissance de l'esprit & du caractere.

Le bon Ecuyer n'avoit eu que trop de raison dans ses remontrances, & le Roy s'en apperçut trop tard. Tout le tems que la nouvelle Reine fut en chemin, elle fit éprouver à toute sa suite le désespoir, la douleur & l'impatience; mais quand une fois elle fut arrivée dans son Royaume, son humeur & sa méchanceté redoublerent encore.

Au bout d'un mois de séjour dans ses Etats, sa réputation fut parfaite; il n'y eut plus qu'une
voix

voix pour la regarder comme la plus méchante Reine du monde.

Un jour qu'elle monta à cheval, & qu'elle se promenoit dans un Bois voisin de son Palais, elle apperçut une vieille femme qui marchoit à pied, & qui suivoit le grand chemin; elle étoit simplement vêtuë. Cette bonne femme après lui avoir fait la réverence de son mieux, continua sa route; mais la Reine qui ne cherchoit qu'une occasion pour exhaler son humeur, envoya un de ses Pages courir après elle, & se la fit amener. Quand elle fut en sa présence, elle lui dit: Je te trouve bien impertinente, de ne m'avoir pas fait une réverence plus profonde? Sçais-tu que je suis la Reine? Peu s'en faut que je ne te fasse donner cent coups d'étrivieres. Madame, lui dit la

Vieille,

Vieille, je n'ai jamais trop fçû quelle étoit la mefure des réverences; il eft affez apparent que je n'ai pas voulu vous manquer. Comment, reprit la Reine, elle ofe répondre ; qu'on l'attache tout à l'heure à la queuë de mon Cheval, je vais la mener bon train chez le meilleur Maître à Danfer de la Ville, pour lui montrer à me faire la réverence. On executa l'ordre de la Reine. La Vieille crioit mifericorde pendant qu'on l'attachoit ; ce fut en vain qu'elle fe vanta de la protection des Fées, la Reine ne tint pas plus de compte de ce dernier propos, que des autres. J'en fais autant de cas que de toi, lui dit elle ; & quand toi-même tu ferois une Fée, j'en agirois comme je fais. La Vieille fe laiffa patiemment attacher à la

queuë

queuë du Cheval ; & quánd la
Reine voulut donner un coup
d'éperon, il devint immobile :
ce fut inutilement qu'elle redoubla les coups de talon, il étoit
devenu Cheval de bronze. Les
cordes qui attachoient la Vieille,
se changerent en un moment en
guirlandes de fleurs, & la Vieille
elle-même parut tout d'un coup
haute de huit pieds. Pour lors
regardant Mutine avec des yeux
fiers & dédaigneux, elle lui dit:
Méchante femme , indigne du
nom de Reine que tu portes, j'ai
voulu juger par moi-même si tu
méritois la mauvaise réputation
que l'on t'a donnée dans le monde. J'en suis convaincuë ; tu vas
juger si les Fées sont aussi peu ré-
doutables que tu viens de le dire.
Aussi-tôt la Fée Paisible (car c'é-
toit elle-même) siffla dans les
deux

deux doigts de fa main , & l'on
vìt arriver un Chariot tiré par
fix Autruches les plus belles du
monde , & dans ce Chariot l'on
reconnut la Fée Grave , plus
grave encore que fon nom. Elle
étoit alors la Doyenne des Fées,
& préfidoit aux affaires qui re-
gardoient le Corps de la Féérie.
Son efcorte étoit compofée d'une
douzaine d'autres Fées montées
fur des Dragons à courte queuë.
Malgré l'étonnement que lui caufa l'arrivée des Fées,la Reine Mutine ne perdit rien de l'air or-
güeilleux & méchant qui lui étoit
fi naturel. Quand cette brillante
Compagnie eut mis pied à terre,
la Fée Paifible leur raconta toute fon avanture. La Fée Grave
qui faifoit fa Charge avec beaucoup de feverité , approuva la
conduite de Paifible. Enfuite elle
opina

opina pour que la Reine fût transformée dans le même métal que son Cheval ; mais la Fée Paisible ne fut point de cet avis, par une bonté sans exemple. Elle adoucit toutes les voix rigoureuses qui tendoient à la punition de la Reine. Enfin, graces à cette bonne Fée, elle fut seulement condamnée à devenir son Esclave jusqu'à ce qu'elle fût accouchée, car j'avois oublié de dire qu'elle étoit au commencement d'une grossesse. Ce même Arrêt qui fut rendu en plein champ, ordonnoit que l'enfant qu'elle mettroit au monde, demeureroit Esclave de la Fée en sa place, & qu'après ses couches la Reine auroit la liberté de retourner auprès du Roy son mari. On eut la politesse de faire signifier au Roy l'Arrêt qui venoit

noit d'être rendu. Il fut obligé
d'y consentir ; mais quand il s'y
seroit opposé, qu'eût pû faire le
bon Prince ?

Après cette justice, les Fées
retournerent chacune à leurs affaires , & Paisible attendit un
instant son Equipage qu'elle avoit
envoyé chercher. C'étoit un petit Char de Jay de plusieurs couleurs tiré par six Biches blan-
ches comme de la neige, parées
de housses de satin vert brodé
d'or. D'un coup de sa baguette
les habits de la Reine furent
changés en vêtemens d'Esclave.
Dans cet équipage on la fit monter sur une Mule quinteuse, &
ce fut au grand trot qu'elle suivit le Char de la Fée. Au bout
d'une heure de trot, la Reine arriva dans la maison de Paisible.
Elle étoit, comme on le peut
croire,

croire, dans une grande afflic-
tion ; mais fon orgüeil l'empêcha de verfer une feule larme. La
Fée l'envoya à la cuifine pour y
travailler, après lui avoir donné
le nom de Furieufe, celui de Mutine étant trop délicat pour les
méchancetés aufquelles elle étoit
portée. Furieufe, lui dit la Fée
Paifible, je vous ai fauvé la vie,
& peut être ma confcience en
fera-t'elle chargée ; je ne veux
pas vous accabler de travail, à
caufe de l'enfant dont vous êtes
groffe, & qui, comme vous le
fçavez, doit être mon Efclave ;
je vous retire de la cuifine, & je
vous charge du foin de balayer
mon appartement, & de celui
de ne pas laiffer une puce à ma
petite chienne Chriftine. Furieufe
comprit aifément qu'il n'y avoit
point à appeller d'une telle ordonnance;

donnance ; elle prit donc le fage
parti de s'acquitter exactement
de ce dont on l'avoit chargée pendant le tems de fa groffeffe. Quand
ce tems fut fini, elle accoucha fort
heureufement d'une Princeffe
belle comme le jour ; & lorfque
fa fanté fut rétablie , la Fée lui
fit un grand fermon fur fa vie
paffée , lui fit promettre d'être
plus fage à l'avenir , & la renvoya au Roy fon mari.

L'on peut juger par les bontés que la Fée Paifible avoit eu
pour une fi méchante Reine, de
toutes les attentions qu'elle eut
pour la jeune Princeffe qui lui
étoit demeurée entre les mains.
Elle en vint jufqu'à l'aimer à la
folie ; c'eft ce qui l'engagea à la
faire doüer par deux autres Fées.
Elle fut long-tems en balance
fur le choix des deux Maraines
aufquelles

aufquelles elle prendroit confiance ; car elle craignoit que le ref-
fentiment qu'elles avoient toutes
contre la mere, ne s'étendît jufques fur la fille. Enfin elle penfa
que les Fées Divertiffante & Eveil-
lée n'avoient pas naturellement
autant d'humeur que les autres.
D'abord qu'elle les eut fait avertir, elles arriverent dans une Ber-
line de fleurs d'Italie tirée par fix
Bidets gris, dont les crins étoient
du plus beau couleur de feu. L'E-
veillée étoit habillée de plumes
de Perroquet, & coëffée en Chien
fou. Pour la Fée Divertiffante,
elle avoit une robbe de peau de
Caméleon qui la faifoit paroître
de toutes les couleurs imaginables. Paifible les reçut l'une &
l'autre à merveille ; & pour les
engager à faire ce qu'elle attendoit d'elles, l'on m'a fort affûré
qu'elle

qu'elle les mit (dans le bon foupé qu'elle leur donna) un peu
en pointe de vin. Après de fi fages précautions, elle leur fit apporter ce bel enfant. Il étoit dans
un berceau de cristal de roche;
ses langes étoient d'écarlatte bro-
dés d'or; mais fa beauté brilloit
cent fois plus que fon ajufte-
ment. La petite Princesse fourit
devant les Fées, & leur fit de petites caresses, qui la rendirent fi
agréable, qu'elles résolurent de
la mettre à l'abri, autant qu'elles
le pourroient, de la colere de
leurs Anciennes. Elles commencerent par lui donner le nom de
Galantine. La Fée Paisible leur
dit ensuite: Vous fçavez que les
châtimens que nous employons
le plus ordinairement parmi nous
& qui font le plus en usage, con-
fiftant à changer la beauté en
laideur,

laideur , l'eſprit en imbecillité ,
& le plus ſouvent d'avoir recours à la métamorphoſe ; comme il ne nous eſt pas poſſible à
chacune de doüer de plus d'un
don, celle que nous voulons obliger , mon avis eſt qu'une de
nous donne à ce bel enfant la
beauté , que l'autre lui donne
l'eſprit , & quant à moi , que je
la doüe de ne pouvoir jamais
changer de forme. Cet avis fut
trouvé bon , & s'executa ſur le
champ. Lorſque Galantine eut
été doüée , les deux Fées s'en
retournerent,& Paiſible employa
tous ſes ſoins à l'éducation de la
petite Princeſſe. Jamais ſoins ne
furent employez plus heureuſement; car à quatre ans ſa grace
& ſa beauté faiſoient déja grand
bruit dans le monde. Elle n'en fit
que trop ; car cette affaire ayant

été rapportée au Conseil des Fées, Paisible vit un jour arriver dans la Cour de son Palais la Fée Grave montée sur un Lion. Elle portoit une robbe longue fort ample, & par consequent fort plissée, dont la couleur étoit bleuë céleste. Elle étoit coëffée d'un bonnet quarré de Brocard d'or. Paisible la reconnut avec autant d'inquiétude que de chagrin ; car son habillement & sa monture lui prouvoient qu'elle vouloit rendre quelque Arrêt ; mais quand elle apperçut que la Fée Rêveuse la suivoit montée sur une Licorne, & qu'elle étoit habillée de maroquin noir doublé de taffetas changeant, & pareillement coëffée d'un bonnet quarré, elle ne douta plus que cette visite n'eût quelque motif bien sérieux. En effet, la Fée Grave prenant la parole, lui

lui dit: Je ſuis fort ſurpriſe de la
conduite que vous avez tenuë à
l'égard de Mutine ; c'eſt au nom
de tout le Corps des Fées qu'elle
a offenſé, que je viens vous en
faire des reproches. Vous pouvez pardonner vos offenſes par-
ticulieres, mais vous n'avez pas
le même droit ſur celles qui re-
gardent tout le Corps ; cependant vous l'avez traitée avec
douceur & avec bonté pendant
tout le tems qu'elle a été chez
vous ; ainſi je viens pour execu-
ter un ordre équitable, & punir
une fille innocente des torts d'u-
ne mere coupable. Vous avez
voulu qu'elle fût belle & ſpiri-
tuelle, & d'un autre côté vous
avez mis obſtacle aux métamor-
phoſes, je ſçaurai bien l'empêcher de joüir pendant toute ſa
vie de ces avantages dont vous

N 2   l'avez

l'avez ornée , & que je ne puis
lui ôter. Elle ne pourra fortir
d'une prifon enchantée que je
vais lui conftruire, *qu'elle ne fe*
foit renduë aux defirs d'un Amant
aimé. C'eft mon affaire d'empêcher que la chofe ne puiffe arriver. L'enchantement confiftoit
dans une Tour fort haute & fort
large , bâtie de coquillages de
toutes les couleurs , au milieu de
la Mer. Au rez de chauffée il y
avoit une grande Salle pour les
bains , où l'on faifoit entrer l'eau
quand on le vouloit. Cette Salle
étoit entourée de gradins & de
tablettes fur lefquels on pouvoit
fe promener à pied fec. Le premier Etage compofoit l'appartement de la Princeffe , & c'étoit
véritablement une chofe magnifique. Le fecond fe diftribuoit en
plufieurs pieces. Dans l'une on
voyoit

voyoit une belle Bibliotheque ;
dans une autre, une Garderobbe
pleine de linge ſuperbe & d'habits pour tous les âges, plus magnifiques les uns que les autres ;
une autre piece étoit deſtinée à
la Muſique ; une autre n'étoit
remplie que de liqueurs & des
vins les plus agréables ; une autre enfin (& c'étoit la plus grande de toutes) ne préſentoit à la
vûë que toutes ſortes de confitures ſeches & liquides, que des
dragées, & toutes les pâtiſſeries
imaginables, qui par la force de
l'enchantement devoient toujours demeurer chaudes comme
à la ſortie du four. L'extrêmité
de la Tour étoit terminée par
une platte-forme ſur laquelle il
y avoit un parterre où les fleurs
les plus agréables ſe renouvel-
loient & ſe ſuccedoient ſans ceſſe.

N 3 L'on

L'on trouvoit dans ce même Jardin un arbre fruitier de chaque espece, où toutes les fois que l'on cüeilloit un fruit, un autre venoit aussi-tôt prendre la place. Ce beau lieu étoit orné de cabinets de verdure, que l'ombre & les arbustes odoriferans rendoient délicieux, & ces agrémens étoient encore redoublés par le chant de mille Oiseaux enchantés. Quand les Fées eurent conduit dans la Tour Galantine avec une Gouvernante nommée Bonnette, elles remonterent sur leur Baleine ; & s'éloignant à une certaine distance de ce grand édifice, la Fée Grave d'un coup de sa baguette fit venir deux mille Requins des plus méchans de la Mer, & leur ordonna de faire une garde des plus exactes, enfin de ne laisser approcher aucun homme

homme de la Tour, & de mettre
en pieces tous ceux qui feroient
affez hardis pour en approcher ;
mais comme les Bâtimens ne crai-
gnent pas beaucoup les Requins,
elle fit venir auffi quantité de Re-
mora, aufquels elle ordonna de
fe tenir à l'avancée, & d'arrêter
indifferemment tous les Bâtimens
que le hazard ou leur volonté
conduiroient vers la Tour. La
Fée Grave fe trouva fi fatiguée
d'avoir fait autant de chofes en
auffi peu de tems, qu'elle pria
Rêveufe de voler au haut de la
Tour, & de l'enchanter du côté
de l'air avec tant d'exactitude,
qu'un Oifeau même ne pût en
approcher. La Fée obéit ; mais
comme elle étoit infiniment dif-
traite ; elle fe broüilla dans fes
cérémonies, & ne laiffa pas de
faire quelques fautes. Si l'enchan-

tement

tement de l'eau n'avoit pas été
plus régulier que celui-ci, l'honneur de Galantine, dont on étoit
si fort occupé, eût été mal assûré
par Mer.

La bonne Gouvernante ne fût
occupée que du soin de bien élever Galantine ; & quoiqu'elle re-
gardât tous les talens qu'auroit
la Princesse comme devant toujours être ignorés, elle ne négli-
gea rien pour lui donner une
bonne éducation , & pour l'or-
ner de tous les talens imaginables. Quand la Princesse eut atteint sa douziéme année, il parut
à sa Gouvernante qu'elle étoit un
Prodige. Toutes les belles qua-
lités qu'elle découvroit dans la
Princesse , l'affligeoient par les
réflexions qu'elle faisoit sur la
triste destinée d'une personne
aussi aimable. Galantine qui ne
sça-

ſçavoit pas un mot de ce qui la regardoit, la voyant un jour plus triſte qu'à l'ordinaire, lui en de-manda la raiſon avec tant d'em-preſſement, que Bonnette lui raconta toute ſon hiſtoire, & celle de la Reine ſa mere.

Galantine fut frappée de ce récit comme d'un coup de fou-dre. Je n'avois point encore, dit-elle, fait de réflexions ſur mon état, & je croyois que lorſ-que je ſerois grande, je n'habi-terois plus la ſolitude où je me trouve ; mais puiſque je ſuis con-damnée à paſſer toute ma vie dans ce Déſert, ne vaudroit-il pas autant que je fuſſe morte. La Princeſſe garda quelques mo-mens le ſilence après ces triſtes plaintes, puis elle ajouta : Vous dites, ma chere Bonnette, que l'Enchantement auquel je ſuis

N 5 ſou-

foumife, ne peut finir que lorfque j'aimerai, & que j'en aurai
donné des preuves ; ces deux
chofes font-elles donc fi difficil-
les ? Je ne fçai ce que c'eft, mais
je ne vois rien à quoi je ne puiffe
me réfoudre pour fortir d'ici.
Bonnette ne pût s'empêcher de
rire de la fimplicité de Galantine ; enfuite elle lui répondit :
Pour aimer, pour en donner des
preuves, il faudroit que quelque
jeune Prince pût entrer ici, qu'il
vous aimât, & que vous l'aimaf-
fiez, dans le deffein d'en faire
votre Mary, autrement ces chofes dont vous me parlez, ne doivent point vous arriver ; de plus,
vous voyez bien vous-même qu'-
aucun homme ne peut entrer ici ;
ne vous ai-je pas raconté toutes
les précautions que l'on a prifes,
foit du côté de la Mer, foit de
celui

celui de l'Air ? Il faut donc, ma
chere Galantine, vous réſoudre
à paſſer ici toute votre vie.

Cette converſation fit un grand
changement ſur l'eſprit de la Princeſſe ; tout ce qui l'amuſoit auparavant, n'eût plus de charmes
pour elle ; ſon ennui devint ex-
ceſſif, elle paſſoit ſes jours à pleurer & à penſer aux moyens de
ſortir de la Tour.

Un jour que la Princeſſe étoit
ſur ſon Balcon, elle vit ſortir de
l'eau une Figure extraordinaire,
elle appella promptement Bonnette pour la lui faire remarquer ; c'étoit une eſpece d'homme dont le viſage étoit bleuâtre,
& dont les cheveux mal friſés
étoient verd de Mer ; il avançoit
du côté de la Tour, & les Requins ne mettoient aucun obſtacle à ſon deſſein. Je crois, dit la

Gouvernante, que c'eſt un homme marin ; un homme, dites-vous, s'écria Galantine ; deſcendons à la porte de la Tour, nous le verrons de plus près ; d'abord qu'elles y furent arrivées, cet homme s'arrêta pour regarder la Princeſſe, & fit en la voyant pluſieurs ſignes d'admiration. Il dit pluſieurs choſes d'une voix fort enroüée ; mais comme il vit que l'on n'entendoit point ſon langage, il eût recours aux ſignes. Il tenoit dans ſa main un petit panier de Jonc, rempli de Coquillages les plus rares qu'il préſenta à la Princeſſe ; elle le prit en lui faiſant de ſon côté des ſignes de remerciment ; mais comme la nuit approchoit, elle ſe retira, & l'homme marin ſe plongea dans la Mer.

D'abord que Galantine fut arrivée

rivée dans ſon Appartement,
elle dit à ſa Gouvernante avec
chagrin : Je trouve cet homme
effroyable ; pourquoi ces vilains
Requins qui nous gardent, laiſ-
ſent-ils approcher de préférence
un homme auſſi laid ; car apparemment ils ne reſſemblent pas
tous à celui-là ? Il s'en faut bien
qu'ils lui reſſemblent, lui répondit Bonnette. A l'égard de la façon dont les Requins ont laiſſé
approcher celui-ci , comme ils
ſont Habitans du même Element,
ils ne font apparemment point
de mal les uns aux autres ; il ſe
peut faire même qu'ils ſoient ou
parens, ou amis.

Quelques jours après cette premiere avanture, Bonnette & Galantine furent attirées à une des
fenêtres de la Tour, par une eſpece d'harmonie qui leur parut
ex-

extraordinaire , & qui l'étoit en
effet ; c'étoit le même homme
marin qu'elles avoient déja vû ,
qui toujours dans l'eau jufqu'à la
ceinture , & la tête couverte de
rofeaux , fouffloit de toutes fes
forces dans une efpece de Con-
que marine , dont le fon approchoit beaucoup de celui de nos
anciens Cornets à Bouquin. La
Princeffe vint encore à la porte
de la Tour , & reçût avec politeffe le Corail & les autres cu-
riofités marines qu'il lui préfenta. Depuis cette feconde vifite ,
il venoit tous les jours fous les
fenêtres de la Princeffe faire des
plongeons , des grimaces , ou
bien joüer de ce bel Inftrument
dont j'ai déja parlé. Galantine fe
contentoit de lui faire quelques
révérences de fon Balcon ; mais
elle ne defcendoit plus , malgré

les.

les prieres que l'homme marin
lui faiſoit par ſes ſignes. Quelques jours après, la Princeſſe le
vit arriver avec une autre perſonne de ſon eſpece, mais d'un
ſexe différent ; elle étoit coëffée
avec beaucoup de goût, & faiſoit entendre une voix charmante. Cette augmentation de compagnie engagea Galantine &
Bonnette à deſcendre à la porte
de la Tour. Elles furent bien
ſurpriſes de voir que la Dame
qu'elles voyoient pour la premiere fois , après avoir eſſayé
pluſieurs langages , leur parlât
celui qui leur étoit naturel , &
qu'elle fît un compliment à Galantine ſur ſa beauté. Elle apperçut que le Rez-de-Chauſſée ou
la Salle des Bains, dont j'ai parlé, étoit ouverte, & qu'elle étoit
remplie d'eau: Voilà, lui dit-elle,
un

un lieu fait exprès pour nous recevoir; car il ne nous eſt pas poſſible de vivre abſolument hors de notre Element. Elle ſe plaça comme on ſe place dans une Baignoire, & ſon frere ſe mit à côté d'elle dans la même attitude, car elle étoit ſœur de l'homme dont nous avons déja parlé. La Princeſſe & ſa Gouvernante ſe repoſerent ſur les marches qui faiſoient le tour de la Salle. Je crois, Madame, dit la Siréne, que vous avez abandonné le ſéjour de la terre, parce que vous étiez obſedée par une trop grande foule d'Amans. Si c'eſt là le ſujet de votre retraite, vos intentions ne ſeront pas remplies; car mon frere meurt déja d'amour pour vous; & quand les Habitans de notre grande Ville vous auront apperçuë, il eſt bien ſûr qu'il

qu'il les aura tous pour Rivaux.
Le frere dans ce moment, ſe
douta que l'on parloit de lui, il
approuva donc de la main & du
geſte ; on ne parloit plus de lui,
qu'il approuvoit encore. La Siréne lui détailla le chagrin que
ſon frere avoit de ne pouvoir ſe
faire entendre ; je lui ſers d'In-
terprete par le moyen des Lan-
gues que j'ai appriſés d'une Fée.
Vous avez donc auſſi des Fées
parmi vous, dit Galantine ? Elle
accompagna cette queſtion d'un
grand ſoupir ; Oui, Madame,
nous en avons, lui répondit la
Siréne. Mais, ſi je ne me trompe,
vous avez reçû quelques chagrins de celles qui habitent la
Terre ? Du moins ce ſoupir qui
vient de vous échapper, me donne lieu de lĕ croire. La Princeſſe
à laquelle on n'avoit recomman-
dé

dé aucun secret sur ses avantures, ne perdit en ce cas que le
plaisir de l'indiscrétion. Elle raconta donc tout ce que Bonnette
lui avoit conté à elle même. Vous
êtes à plaindre, lui dit la Siréne,
quand elle eût achevé de l'instruire ; cependant vos maux ne sont
peut être pas sans remede, mais
il est tems de finir une premiere
visite. La Princesse charmée de
l'espérance dont elle la flattoit,
lui fit mille amitiés, & elles se
séparerent en se promettant de
se voir très-souvent.

La Princesse parut charmée
de cette avanture, indépendamment de l'espérance que la Siréne lui avoit donnée. C'étoit beaucoup que d'avoir trouvé quelqu'un avec qui il lui fût possible
de s'entretenir. Nous allons, di-
soit-elle, à sa Gouvernante, faire
con-

connoiſſance avec pluſieurs de
ces Marins, ils ne feront peut-
être pas tout auſſi vilains que le
premier que nous avons vû. Enfin, nous ne ferons pas éternel-
lement dans la plus profonde ſolitude. Mon Dieu, lui répondit
Bonnette, que les jeunes perſonnes ſe flattent aiſément! Je vous
dis, moi, que j'ai peur de ces
Gens-là. Mais que dites-vous,
ajouta-t-elle, du bel Amant dont
vous avez fait la conquête? Que
je ne l'aimerai jamais, répondit
la Princeſſe, & qu'il me déplaît
infiniment; mais enfin, pourſui-
vit-elle, je veux voir ſi par le
moyen de ſa parente la Fée Marine, il ne pourra pas me rendre
quelque ſervice. Je vous le ré-
pete encore, diſoit toujours Bonnette; ces viſages dont les couleurs ſont bizares, & ces grandes

des queuës , doivent vous faire peur ; mais Galantine plus jeune, étoit par conséquent plus hardie, & moins sage. La Siréne vint la revoir plusieurs fois , & lui parla toujours de l'amour de son frere; & la Princesse toujours occupée de sa prison , en parloit toujours aussi à la Siréne, qui lui promit à la fin de lui amener au premier jour la Fée Marine , & l'assura qu'elle l'instruiroit de ce qu'elle auroit à faire. Cette Fée vint dès le lendemain avec la Siréne ; la Princesse la reçut comme sa Libératrice. Quelques momens après son arrivée, elle proposa à Galantine de lui faire voir les dedans de la Tour , & d'aller faire ensemble un tour dans le Partere ; car (avec le secours de deux béquilles) elle pouvoit se promener & marcher ; il lui étoit

aisé,

aiſé, attendu ſon état de Fée,
de demeurer hors de l'eau tant
qu'elle en avoit envie, cependant
elle étoit obligée de ſe moüiller
le front de tems en tems. Pour
ſatisfaire à cette néceſſité, elle
portoit toujours une petite Fontaine d'argent penduë à ſa ceinture. Galantine accepta la propoſition de la Fée, & Bonnette
demeura dans la Salle pour entretenir le reſte de la Compagnie. Quand elles furent arrivées
dans le Jardin, ne perdons point
de tems, dit-elle à la Princeſſe,
voyons un peu ſi je puis faire
quelque choſe pour votre ſervice. Galantine lui conta très exactement toute ſon hiſtoire; & la
Fée pour lors prenant la parole,
lui dit: Je ne puis rien pour vous,
ma chere Princeſſe, du côté de
la Terre, & mon pouvoir ne va
point

point au-de-là de mon Element; mais vous avez une reſſource pour laquelle je puis vous offrir tous les ſecours qui dépendent de moi. Si vous voulez faire l'honneur à Gluantin de l'épouſer, honneur qu'il déſire avec une ardeur infinie, vous pourrez habiter avec nous : Je vous apprendrai en un moment à plonger & à nâger tout auſſi bien que nous le pouvons faire ; j'endurcirai votre peau ſans en alterer la blancheur, & je la préparerai de façon que la fraîcheur de l'eau, bien loin de vous incommoder, vous fera même un grand plaiſir ; mon Couſin, ajouta-t-elle, eſt naturellement un des bons Partis qu'il y ait dans la Mer ; & je lui ferai de ſi grands avantages en faveur de votre alliance, que rien n'égalera votre bonheur.

La

La Fée parla avec tant de force,
que la Princeſſe fut en balance, &
qu'elle demanda quelques jours
pour faire ſes réflexions. Comme
elles ſe préparoient à retourner
joindre la Compagnie, elles apperçurent un Vaiſſeau. La Princeſſe n'en avoit jamais vû auſſi
diſtinctement que celui ci, parce
qu'aucun n'avoit jamais oſé approcher ſi près de la Tour. L'on
diſtinguoit aiſément ſur le Tillac
de ce Navire, un jeune Homme
couché ſous un Pavillon magnifique, qui paroiſſoit fort attentif
à regarder avec ſes Lunettes du
côté de la Tour ; mais l'éloignement empêchoit que l'on ne pût
en diſtinguer davantage. Le Vaiſſeau commençant à s'éloigner,
Galantine & la Fée retournerent
joindre la Compagnie, celle-ci
fort conténte de ſa négotiation ;
elle

elle affura la Princeffe en la quittant, qu'elle reviendroit bien-tôt fçavoir fa volonté.

Auffi tôt que la Fée fut partie, Galantine conta tout ce qui s'étoit paffé à fa Gouvernante ; elle fut très-affligée de voir le parti que fa Pupille étoit à la veille de prendre ; elle craignoit infiniment d'être obligée de devenir elle-même fur fes vieux jours une vieille Siréne. Pour remédier à tous les inconvéniens qu'elle prévoyoit, voici ce dont elle s'avifa. Comme elle peignoit parfaitement bien en Miniature, elle fit dès le lendemain matin un Portrait qui repréfentoit un jeune Homme, dont les cheveux étoient blonds & frifés par groffes boucles ; il avoit le plus beau teint du monde, les yeux bleus, & le nez un peu retrouffé ; enfin elle

elle raffembla tous les traits d'u-
ne Figure charmante , & l'on
verra par la fuite qu'il falloit
qu'un pouvoir furnaturel l'eût
aidée dans un ouvrage qu'elle
n'avoit entrepris que pour faire
voir à Galantine la différence
qu'il y avoit d'un Homme à fon
Amant Marin , & dans le deffein
de la détourner d'un mariage qui
n'étoit nullement de fon goût.
Quand elle préfenta fon ouvrage , la Princeffe en fut frappée
d'admiration , & lui demanda s'il
étoit bien poffible qu'il y eût un
Homme au monde qui reffem-
blât à ce Portrait ? Bonnette l'affura que rien n'étoit plus ordinaire , & qu'il y en avoit même
encore de plus beaux. J'ai peine
à le croire , lui répondit Galantine ; mais helas ! celui-ci, ni fes
pareils ne peuvent jamais être

pour moi , ils ne me verront
point , & je ne les verrai de ma
vie. Que je suis malheureuse ,
s'écria-t-elle ; cependant Galantine passa la journée à considerer
cette Peinture ; elle eût l'effet
que Bonnette en avoit attendu,
elle ruina les affaires de Gluantin qui étoient en assez bon train;
mais la Gouvernante se repentit
d'avoir fait un trop beau Portrait , car la Princesse perdoit
pour le voir plus long-tems le
boire & le manger. Si jamais l'a-
mour qu'un Portrait a pû inspirer , a été accompagné de quelque vrai-semblance , c'est assurément dans le cas & dans les
circonstances de cette histoire.

La Fée Marine revint peu de
jours après la visite dont on a
fait le détail , pour sçavoir quelles étoient les intentions de Galantine ;

lantine ; mais cette jeune Perſonne toute occupée de ſa nouvelle paſſion, (car c'étoit du véritable amour qu'elle avoit conçu) ne pût ſe ménager avec prudence. Elle rompit donc bruſ-
quement avec la Fée ; mais ce
qui ne fut pas trop bien, c'eſt
qu'elle laiſſa voir tant de mépris
& tant d'averſion pour Gluantin,
que la Fée Marine outrée de ce
refus, quitta la Princeſſe, bien
réſoluë de s'en vanger. Cependant la Princeſſe avoit fait une
conquête qu'elle ignoroit. Le
Vaiſſeau qu'elle avoit vû ſi pro-
che de ſon habitation, portoit le
plus beau Prince du monde ; il
avoit entendu parler de l'Enchantement de la Tour, il voulut en avoir approché plus près
que perſonne ; il avoit ſur ſon
Bâtiment des Lunettes d'appro-
O 2 che

che excellentes , & si bonnes ,
qu'en examinant la Tour enchantée dans le seul dessein de satisfaire sa curiosité , il apperçut la
Princesse ; & la preuve qu'il la
vit bien distinctement , & de la
bonté de ses Lunettes , c'est qu'il
en devint éperduement amoureux. Il voulut comme un jeune
Homme , & comme un nouvel
Amant , deux choses, qui font
toujours tout risquer, aller moüiller auprès de la Tour, faire mettre sa Chaloupe à la Mer , & se
présenter à tous les dangers que
l'Enchantement pouvoit faire
courir ; mais tout son Equipage
l'en empêcha, en se prosternant
à ses pieds. Son Ecuyer que la
peur avoit le plus saisi , ou que les
connoissances rendoient plus é-
clairé, fut aussi le plus éloquent.
Vous nous conduisez tous à une
mort

mort inévitable, lui dit-il, Seigneur, daignez venir moüiller à
terre, je vous promets d'aller
trouver la Fée Commode, elle
eſt ma parente, & m'a toujours
fort aimé ; je vous réponds de
ſon zéle & de ſon talent, & je
ſuis bien certain qu'elle vous ren-
dra ſervice. Le Prince ſe rendit,
quoiqu'avec peine, à tant de
bonnes raiſons. Il débarqua donc
à la Côte la plus voiſine, & fit
partir ſon Ecuyer pour aller trouver ſa parente, implorer ſa protection, & lui demander des ſecours. Pour lui, il fit dreſſer une
Tente ſur le bord de la Mer ; &
toujours la Lunette à la main, il
regardoit ou la Princeſſe, ou ſa
Priſon ; & ſon imagination qui
s'échauffoit, lui retraçoit ſouvent des choſes qui n'avoient de
réalité que dans ſa tête. Au bout

O 3   de

de quelques jours, l'Ecuyer revint avec la Fée Commode; le
Prince lui fit des caresses extraor-
dinaires; l'Ecuyer l'avoit instruite
en chemin de ce dont il s'agissoit.
Je vais, dit-elle au Prince, pour
ne point perdre de tems, envoyer
un Pigeon blanc, dans lequel
j'ai une confiance infinie pour
fonder l'Enchantement; s'il trouve quelqu'endroit foible, il en-
trera dans le Parterre & dans le
Jardin qui couronnent la Tour:
Je lui ordonne de nous en rapporter quelques Fleurs, pour
preuve qu'il aura pû y parvenir.
S'il a pû y arriver, je trouverai
bien le moyen de vous y introduire. Mais, dit le Prince, ne
pourrois je pas par le moyen de
votre Pigeon, écrire un mot à
la Princesse, pour l'instruire de la
passion qu'elle m'a inspirée? Vous
le

le pouvez, lui dit Commode, &
même je vous en donne le conseil;
aussi tôt le Prince écrivit cette
Lettre.

LETTRE

DU PRINCE BLONDIN

A GALANTINE.

*Je vous adore, & je suis instruit
de votre destinée ; si vous voulez,
belle Princesse, recevoir l'hommage
de mon cœur, il n'y a rien que je
n'entreprenne pour me rendre le plus
heureux de tous les hommes en fi-
nissant vos malheurs.*

BLONDIN.

Quand ce Billet fut écrit, on
l'attacha au col du Pigeon, qui
n'attendoit que ses dépêches,
car il avoit déja reçû ses ordres.

Il prit son vol de bonne grace,
& partit à tire d'aîles, mais quand
il approcha de la Tour, il en sortit un vent impétueux qui le re-
pousseoit avec violence ; il ne fut
point rebuté d'un tel obstacle ;
il fit enfin tant de tours, qu'il
trouva l'endroit que la Fée Rêveuse avoit mal enchanté ; aussi-
tôt il se glissa, & vola dans le
Parterre pour attendre la Princesse, & pour se reposer. La Princesse se promenoit ordinairement
seule par goût, parce qu'elle
avoit une passion dans le cœur ;
par nécessité, parce que la Gouvernante ne pouvoit plus monter
qu'avec beaucoup de peine. D'a-
bord que le Pigeon la vit paroître, il fut au devant d'elle de la
façon du monde la plus flatteu-
se. Galantine le caressa ; & lui
voyant un Ruban couleur de
rose

rofe au col, elle voulut voir de
quelle utilité il pouvoit être ;
quelle fut fa furprife en voyant
le Billet ! Elle le lut ; voici quelle
fut la réponfe dont elle chargea
le beau Pigeon :

LETTRE
DE LA PRINCESSE
GALANTINE
Au Prince Blondin.

Vous m'avez vû, & vous m'ai-
mez, dites-vous ; je ne puis vous
aimer, ni vous promettre de vous
aimer fans vous avoir vû. Envoyez-
moi votre Portrait par le même
Courier ; fi je vous le renvoye, n'ayez
aucune efpérance ; mais fi je le gar-
de, en travaillant pour moi, vous
ravaillerez pour vous.

GALANTINE.

O 5　Elle

Elle attacha cette Lettre de la même façon que celle qu'elle venoit de recevoir, & congedia le Pigeon, qui n'oublia pas qu'il lui étoit ordonné d'emporter une Fleur du Parterre ; mais comme il n'ignoroit pas les idées vives que les Amans attachent souvent aux bagatelles, il en déroba une, qu'il apperçut sur le sein de la Princesse, & s'envola. Le retour de cet Oiseau causa une si grande joye au Prince, que sans l'inquiétude qu'il avoit encore, il en seroit peut-être devenu fol. Il vouloit faire repartir le Pigeon sur le champ, & le charger d'un Portrait de lui, que par le plus grand hazard du monde il avoit dans son Equipage ; mais la Fée lui demanda une heure de repos pour son Courier, que le Prince employa à faire

faire ces Vers, dont il accompagna son Portrait.

Que vous avez touché mon cœur !
Que vous l'avez rendu sensible !
Hélas ! que ne m'est-il possible
De vous exprimer son ardeur !
Oui, mon bonheur seroit extrême
Si le charmant objet que j'aime
A la fin ressentoit un peu
Quelqu'étincelle de ce feu.
Je ne perdrois pas l'espérance
De défaire l'Enchantement
Armé d'amour & de constance
Rien ne rebute un tendre Amant.

Le Pigeon se mit donc en Campagne, chargé de ces Vers & du Portrait ; la Princesse n'étant pas certaine qu'il dût arriver, l'attendoit cependant ; elle étoit dans le Jardin, & n'avoit rien

O 6   conté

conté à sa Gouvernante de cette
derniere avanture ; car elle commençoit à ressentir le mistere, &
cette réserve que les premiers
sentimens inspirent à une jeune
personne. Elle prit avec empressement le Portrait dont le Pigeon
étoit chargé, & sa surprise fut
infinie , quand en ouvrant la
boëte, elle trouva que le Portrait du Prince Blondin ressem-
bloit parfaitement à celui que
Bonnette avoit peint. Par un de
ces hazards heureux dont on ne
peut rendre compte, la joye de
Galantine fut extrême en faisant
cette agréable découverte ; &
pour exprimer d'une maniere
galante tout ce qu'elle ressentoit
elle même, elle ôta le Portrait
du Prince de la boëte qui le renfermoit, mit à sa place celui qu'-
elle aimoit le plus de tous ceux

que

que Bonnette avoit peints , &
renvoya ſur le champ le Pigeon,
qui commençoit un peu à ſe fatiguer , & qui n'auroit pû réſiſ-
ter à ſervir bien long-tems des
Amans , dont le commerce étoit
auſſi vif. Le Prince Blondin avoit
toujours les yeux tournés vers la
Tour dans l'attente de ſon Courier. Il vit enfin arriver le bien-
heureux Pigeon ; mais que de-
vint-il quand il reconnut à ſon
col la même boëte dont il l'avoit
chargé ? Il en penſa mourir de
douleur. La Fée qui ne le quittoit point , le conſola de ſon
mieux ; elle prit elle-même cette
boëte qu'il ne daignoit ſeulement
pas regarder ; elle l'ouvrit , &
lui fit voir combien il avoit tort
de s'affliger. Dans un moment il
paſſa dans une extrêmité de joye
qui ne pouvoit être comparée
qu'à

qu'à celle de son chagrin. Ne perdons point de tems, lui dit alors Commode ; je ne puis vous rendre heureux qu'en vous changeant en Oiseau ; je vous rendrai votre premiere forme quand il en sera tems. Le Prince sans balancer se soumit au déguisement, & à tout ce qui pouvoit l'approcher de ce qu'il adoroit. Pour lors la bonne Commode le toucha de sa baguette, & il devint en un instant le plus joli Colibri du monde, qui joignoit aux agrémens que la nature a départis à ce charmant Oiseau, celui de parler le plus agréablement du monde. Le Pigeon fut encore chargé de le conduire. Galantine fut étonnée de voir un Oiseau qu'elle ne connoissoit pas ; mais le voyant arriver avec le Pigeon, son cœur fût ému ; &

le

le Colibri en volant à elle, lui
dit : Bon jour, belle Princesse ;
elle n'avoit jamais entendu parler d'Oiseaux ; cette nouveauté
redoubla le plaisir avec lequel
elle reçut celui-ci ; elle le prit
sur son doigt, & tout aussi-tôt il
lui dit : Baisez, baisez Colibri ;
elle y consentit avec joye, & lui
fit mille caresses. Je laisse à penser si le Prince étoit content,
& s'il n'étoit pas en même-tems
fâché de n'être qu'un Colibri ;
car les Amans sont les seuls dans
le monde qui éprouvent les contraires en même-tems. Quand
la Princesse enchantée de son
nouvel Oiseau, se fut long-tems
promenée avec lui, elle vint se
reposer dans un des Cabinets de
verdure du Jardin, & se coucha
sur un lit de Roses sans épine ;
elle étoit alors dans le plus aimable

mable négligé ; tout ce qui lui
étoit arrivé , tout ce que son
cœur avoit éprouvé dans le jour,
ne lui avoit pas donné le tems
de songer seulement qu'il y eût
une Toilette dans le monde. La
chaleur l'avoit engagé à ne point
renfermer des beautés que seule
elle pouvoit montrer. Elle plaça
Colibri dans son sein , & commençoit à se livrer aux charmes
d'un doux sommeil, lorsque Commode trouva bien le moyen de
la réveiller en rendant au Prince
sa premiere forme ; ce qui s'exécuta si promptement, qu'en ouvrant les yeux , elle se trouva
dans les bras d'un Amant qu'elle
aimoit.

L'étonnement, l'agitation du
cœur , l'ignorance même dans
laquelle elle avoit vêcu, & le
premier embarras de cette espece,

ce, n'étoient gueres capables de
la défendre contre l'Amant le
plus tendre; auſſi l'enchantement
fut il détruit. Dans ce moment
la Tour fut agitée, elle trembla, &
començoit même à s'entr'ouvrir;
Bonnette allarmée, & qui étoit
dans l'appartement d'en bas,
monta ſur la terraſſe, pour périr
du moins auprès de la Princeſſe.
Les ſecouſſes violentes dont la
Tour étoit agitée, redoubloient
à chaque moment; mais quand
elle arriva ſur le haut de la Tour,
& qu'elle la vit panchée & prête
à s'écrouler dans la Mer, elle
s'évanoüit au moment que les
deux Fées Paiſible & Commode
arriverent dans un Char de Glá-
ce de Veniſe, tiré par ſix des plus
gros Aigles. Sauvez-vous promptement, dirent-elles aux deux
Amans, cette Tour va tomber,
&

& vous périrez avec elle. Ils mon-
terent dans le Char des Fées,
sans avoir le tems de leur faire
le moindre compliment. Le Prince eut cependant celui de jetter
la Gouvernante, toute évanoüie
qu'elle étoit, dans le fond de la
voiture. A peine commençoient-
ils à s'élever dans l'air, que la
Tour abîma avec un bruit effroyable ; car la Fée Marine,
Gluantin & ses amis, étoient
ceux qui pour se venger de la
Princesse, avoient sappé les fon-
demens de la Tour. La Fée Marine voyant que le secours des
Fées s'opposoit à ses desseins,
voulut voir si par une guerre ouverte elle ne pourroit pas s'emparer de Galantine. Elle forma
tout d'un coup une grande voiture d'exhalaisons, dans laquelle
elle se plaça avec toute sa famille

mille, & la remplit d'huîtres à
l'écaille, de rochers, de pierres,
& d'autres bagatelles de cette
eſpece. Avec cette voiture & ces
munitions, elle ſe fit conduire
par un grand vent du côté de la
terre, & coupa le chemin à la
voiture de glace. La Fée Marine
fit plus, elle ordonna à tout ce
qui ſe trouva à dix lieuës à la ronde, de Canards ſauvages, de Ma-
creuſes, & autres Oiſeaux dépen-
dans de la Mer, de venir obſcur-
cir l'air, & s'oppoſer au débar-
quement des Fées, ce qui fut
executé avec un nazillement inſupportable. Nos deux Amans
ſe crurent perdus. Comme ils
étoient dans le goût de détruire
des enchantemens, ils auroient
encore bien volontiers pris des
meſures contre celui-ci ; mais les
Fées ne le jugerent pas à propos.
Com-

Commode tira du coffre de la
voiture une grande quantité de
pétards & de fusées qu'elle avoit
apportés, dans le dessein de faire
apparemment un petit feu d'arti-
fice. Quoiqu'il en soit, elle s'en
servit utilement; car elle en jetta un si grand nombre contre
cette importune volatile, qu'elle
fut obligée de s'écarter. Alors le
Chariot ennemi mit sa derniere
ressource en œuvre. Tous les Marins ne doutoient point qu'avec
les pierres & les huitres, ils n'eus-
sent bien-tôt abîmé & mis en
pieces le Char de glaces. Le projet n'étoit point mauvais, il est
même à présumer qu'il auroit
eu tout l'effet qu'ils en attendoient; mais la Fée Paisible tira
de sa poche un miroir ardent
qu'elle portoit toujours avec elle.
Il faut être de bonne foi, je n'ai
jamais

jamais trop sçû pour quel dessein
elle s'étoit chargée de cet ustan-
cile. Elle plaça son miroir de maniere, qu'elle chauffa ses ennemis d'une façon qui leur étoit
aussi importune qu'inconnuë. Ils
jetterent des cris épouvantables ;
& les exhalaisons s'étant fonduës
dans le moment, toute la famille
Marine, & la Fée elle-même, furent précipitées pêle-mêle dans
la Mer. Nos Fées victorieuses
continuerent leur chemin dans
le dessein d'arriver dans les Etats
de la Reine Mutine. Ils trouverent qu'elle ne vivoit plus ; elle
avoit voulu moitié par la crainte
d'une nouvelle punition, moitié
par raison contraindre la dureté
de son caractere ; elle avoit pour
cet effet tant ravalé de méchancetés & de noirceurs ; elle s'é-
toit si prodigieusement contrain-
te ,

te , qu'après avoir eu plusieurs grandes maladies , elle avoit à la fin succombé ; il y avoit même déja quelques années. Le bon Roy qui l'avoit épousée , goûta bien aisément les douceurs du veuvage ; & quoiqu'il n'eût point eu d'autres enfans que la fille , qu'il n'esperoit pas de revoir , rien dans le monde n'auroit pû l'engager à se remarier une seconde fois. Il gouvernoit ses Etats fort pasiblement ; & le bon Roy Prudent , le grand Pere de Galantine venoit d'arriver chez lui, malgré son grand âge, dans le dessein de passer les vacances avec lui. Quelle joye ces bons Princes éprouverent ils ! Elle se communiqua à toute leur Cour , en voyant arriver les Fées , qui ramenoient une Princesse charmante, la fille de leur Roy. L'on ordon-

ordonna que les Nôces des deux
Amans seroient célebrées dès le
lendemain. On dépêcha dans le
moment même des Courriers de
tous les côtés pour prier les Fées
de vouloir bien les honorer de
leur présence. On n'oublia pas,
comme l'on peut croire, de prier
la Fée Grave. Elles arriverent en
éffet de toutes parts. Les Fêtes,
les Bals, les Tournois, les grands
Festins continuerent très-long-
tems. On fit la guerre, en même
tems que beaucoup de remercie-
mens, à la Fée Rêveuse, des fautes qu'elle avoit commises dans
son enchantement. Elle en fut
quitte pour dire, que les Amans
étoient toujours plus adroits,
que les enchantemens n'étoient
exacts, & qu'il n'étoit pas possible
qu'il s'en trouvât pour eux.

J'oubliois de dire que la Gou-
ver-

vernante revint de ſon évanoüiſ-
ſement ; lorſqu'elle fut arrivée
au Palais. Enfin tout le monde
fut content ; & les Fées ayant
pris part pendant pluſieurs jours
à la joye publique, retournerent
à leurs affaires, ou bien à d'autres plaiſirs. Nos Amans s'aime-
rent toujours, & furent les plus
heureux Princes de la terre.

LA

LA PRINCESSE MINUTIE,
ET LE ROY
FLORIDOR.

CONTE.

IL y avoit une fois un Roy &
une Reine qui moururent affez jeunes, & qui laifferent un fort
beau Royaume à la Princeffe leur
fille unique, qui n'avoit alors tout
au plus que treize ans. Elle s'imagina qu'elle fçavoit regner, &
tous fes bons Sujets fe le perfuaderent auffi, fans trop fçavoir
pourquoi; cependant c'eft une
profeffion qui ne laiffe pas d'a-
voir fa difficulté.

Tome II. P Le

Le Roy & la Reine eurent du moins en mourant la consolation de laisser la Princesse leur fille sous la protection d'une Fée de leurs amies. Elle s'appelloit Mirdandenne : c'étoit une très bonne femme ; mais elle joignoit au défaut de se laisser prévenir, celui de n'en jamais revenir. Quant à la petite Reine, elle étoit si petite, qu'on l'avoit appellée Minutie.

Voilà donc ce beau Royaume gouverné par la prévention & par la minutie. Jamais la Princesse n'avoit été corrigée du goût qu'elle témoignoit pour les bagatelles ; ce fut pour elle qu'elle inventa ces petites Etrennes, tous ces colifichets, qui depuis nous ont accablés.

Cette Princesse signala la grandeur de ses idées, par un trait que je choisis entre mille. Elle ne vou-

voulut pas garder pour Général
de ſes Armées, & même elle
exila de ſa Cour un Vieillard re-
commandable, par les ſervices
qu'il avoit rendus à l'Etat. Et
pourquoi ? Parce qu'il étoit venu
chez elle avec un chapeau bordé d'argent, dans le même tems
qu'il portoit un habit galonné
d'or. Elle trouva qu'un homme
capable d'une telle négligence à
la Cour, ſeroit auſſi très-capable,
par la même raiſon, de ſe laiſſer
ſurprendre par l'Ennemi. Le diſ-
cernement qu'elle ſe flatta d'a-
voir montré dans cette occaſion,
& la ſolidité que la Fée trouvoit
dans ſes plus petites idées, auroient dérangé une tête bien plus
forte.

Aſſez près de ce grand Pays il
y avoit un petit Royaume, mais
ſi petit, que je ne ſçai à quoi le

com-

comparer. Une Reine Mere l'a-
voit long-tems gouverné au nom
du Prince Floridor ; mais cette
bonne Reine mourut. Floridor,
le fils le plus tendre que l'on ait
connu, ressentit vivement cette
perte, & conserva toujours la reconnoissance des obligations qu'il
lui avoit. Une des plus grandes
étoit une éducation parfaite ; la
plus dure du côté du corps, ce
qui l'avoit rendu aussi robuste que
dispos ; & la plus douce du côté
de l'esprit, ce qui lui en avoit
donné les agrémens & la soli-
dité. Ce jeune Prince étoit beau
& bien fait. Il gouvernoit sagement, sans abuser d'une autorité despotique. Ses desirs étoient
reglés ; en un mot, il eût été un
Particulier aimable. Ses Sujets l'a-
doroient, & les Etrangers qui paf-
soient à sa Cour, convenoient qu'il
eût

eût fait le bonheur du plus grand
des Empires : mais ce que l'on
ignoroit, c'eſt qu'il devoit à une
Fourmi charmante un auſſi grand
nombre d'avantages. Elle s'étoit
attachée à lui dès ſon enfance.
A la mort de la Reine, la bonne
Fourmi fut la ſeule conſolation
à laquelle il pût avoir recours. Il
ne faiſoit aucune démarche ſans
aller auparavant conſulter la
Fourmi dans un bois des Jardins
du Palais qu'elle avoit choiſi pour
ſa réſidence. Souvent il abandonnoit ſa Cour & les plaiſirs pour
aller chercher ſa converſation.
Aucune Saiſon ne l'empêchoit
de paroître à ſes yeux ; & quelque rigoureux que pût être l'Hi-
ver, elle ſortoit toujours de la
Fourmilliere la mieux reglée qui
fût à cent lieuës à la ronde. Elle
lui donnoit des conſeils auſſi rem-

plis

plis de prudence que de fageffe.
L'on conçoit aifément que la jolie Fourmi dont nous parlons,
étoit une Fée ; fon hiftoire arrivée il y a plus de fept mille ans,
fe trouve rapportée l'an vingt-
deux mille du monde , à la page
quatre cens foixante du Volume
de cette année. Il eût donc été
aifé à la Fourmi de donner au
Roy qu'elle aimoit , quelques
Royaumes ; les Fées en difpofent
à leur fantaifie : mais la Fourmi
étoit prudente , & la prudence
conduit toujours à la juftice. Ce
n'eft pas qu'elle ne fouhaitât avec
ardeur l'avancement de Floridor,
mais elle vouloit qu'il n'employât
pour l'obtenir que des moyens
qui puiffent flatter la véritable
gloire qu'elle avoit imprimée
dans fon cœur. La Fourmi eft
naturellement patiente ; elle attendit

tendit donc les occasions de mettre dans tout leur jour, les vertus de son Eleve. La conduite de Minutie, & la prévention de Mirdandenne, lui en fournirent bien-tôt les moyens. L'on apprit que le feu de la révolte s'étoit allumé dans le grand Royaume de Minutie. Quand cette nouvelle eut été confirmée par toutes les Gazettes, la bonne Fée Fourmi voulut que le Roy Floridor partît avec un simple Ecuyer pour aller secourir la Reine sa voisine. Elle le rassura sur le Gouvernement de ses Etats pendant son absence, en lui promettant de ne les point abandonner. Elle ne lui donna en partant qu'un franc Moineau, un petit Couteau, que l'on appelle communément une Jambette, & une Coquille de Noix. Les présens que

P 4   je

je vous fais, lui dit-elle, vous
paroissent médiocres ; mais soyez
tranquille avec eux, ils vous fer-
viront au besoin, & j'espere que
vous vous en trouverez bien. Il lui
promit sans peine une confiance
qu'elle avoit bien merité dans son
esprit ; & quand il lui eut fait
de tendres adieux, il se mit en
chemin, regretté de tout son petit peuple, comme s'il eût été le
frere, le fils, ou l'ami de chacun
de ses Sujets.

Il arriva dans la Capitale des
Etats de Minutie ; il la trouva
toute en rumeur, parce que l'on
venoit d'apprendre qu'un Roy
voisin s'avançoit à grandes jour-
nées, suivi d'une des plus terri-
bles Armées. Il venoit à dessein
de s'emparer du Royaume. Floridor apprit que la Reine s'étoit
retirée dans une Maison délicieu-
se

se qu'elle avoit auprès de sa Capitale, où tous les Colifichets
brilloient à l'envi. Cette retraite
avoit cependant un motif ; elle
vouloit méditer bien sérieusement, & décider sans être inter-
rompuë, si les Troupes que la
Fée avoit ordonné qu'on levât
pour s'opposer à l'usurpateur, por-
teroient ou des cocardes bleuës,
ou des cocardes rouges. Cependant la Reine avoit alors vingt
ans. Le Roy Floridor s'étant in-
formé du chemin qui conduisoit
à cette Maison de campagne, y
courut avec empressement. Sa
belle figure prévint Mirdandenne en sa faveur. Le compliment
qu'il fit à la Reine & à elle, ne
fit qu'augmenter la bonne opi-
nion que son abord avoit inspirée, & les offres de ses services
furent d'autant mieux reçuës,

que

que l'Etat étoit dans une situation fort embarrassante. Minutie parut charmante à Floridor. Dès ce moment le Roy en devint éperduëment amoureux ; pour lors le zele & cette vivacité toujours inseparables de l'amour, éclata dans ses discours & dans ses actions, comme il brilla dans ses yeux, & ce fut avec un soin extrême qu'il se mit au fait de la situation présente des affaires. Il voulut avoir recours au pouvoir de la Féerie ; mais l'aveugle prévention de Mirdandenne l'avoit engagée depuis long-tems à donner sa Baguette à Minutie, dans le dessein de la divertir, & cette Princesse en avoit fait un usage si prodigieux, qu'elle étoit usée, & qu'elle n'avoit plus de force ni de vertu, sur-tout pour les choses sérieuses. Floridor alla
dans

dans la Capitale; mais il ne trouva
ni fortifications, ni munitions.

Cependant l'Ufurpateur approchoit de plus en plus ; Floridor
ne vit qu'un Rival dans la perfonne du Roy Ennemi ; & ne
trouvant aucune reffource, il fut
obligé de propofer à la Reine le
parti de la fuite, en lui offrant
fierement un azile dans fes Etats.
La prudence lui confeilloit alors
un parti que fon courage démen-
toit, mais il s'agiffoit de fauver
une Princeffe malheureufe ; cependant il ne fit cette propofition qu'aux conditions de revenir
lui-même s'expofer à tous les
dangers, & faire tous fes efforts
pour rendre à la Reine un Trône
qui lui appartenoit auffi légiti-
mement, tout auffi-tôt qu'il auroit mis fa perfonne en fûreté
dans fon petit Royaume. Mirdan-

P 6   denne

denne convaincuë par tout ce que
le Roy lui repréſenta , accepta
la propoſition du Prince , & la
Reine ne conſentit au départ ,
que lorſqu'on lui eût promis que
le Cheval dont elle devoit ſe ſervir pendant le voyage , auroit
un Harnois couleur de roſe , &
que Floridor ne lui eût fait préſent du Moineau que la Fée lui
avoit donné en partant. L'Oiſeau
fut bien-tôt donné ; mais quoique le départ preſſât , il fallut
attendre que l'on eût fait venir
de la Ville un Harnois de Cheval , tel que la Reine le déſiroit;
il vint enfin , & Floridor & Minutie ſans autre ſuite que Mirdandenne , prirent la route des
Etats du Roy. Floridor étoit
enchanté de conduire Minutie
chez lui , & d'imaginer qu'il étoit
utile à ce qu'il adoroit ; être a-
moureux

moureux & voyageur, ce font des
chofes qui fouvent en font beaucoup dire ; Floridor en annon-
çant la petiteffe de fes Etats,
dont il rougiffoit quelquefois,
ne put fe taire des obligations
qu'il avoit à la bonne Fourmi ;
cependant en venant au détail
de fon départ, la Noix, le petit
Couteau & le Moineau, parurent à la Reine des préfens fort
finguliers. Elle eût envie de
voir la Noix, le Roy la lui donna fans peine ; d'abord qu'elle
fut entre fes mains, elle s'écria :
Bons Dieux, qu'eft-ce que j'entends ; elle prêta l'oreille avec
plus d'attention, & pour lors elle
dit avec une fuprife mêlée de curiofité : J'entends (mais diftinc-
tement) des petites voix d'hommes, des hanniffemens de chevaux, des trompettes, enfin un
mur-

murmure fort singulier ; voilà la plus jolie chose du monde, continua-t-elle ; dans le tems que le Prince étoit occupé lui-même de ce qui faisoit l'amusement de ce qu'il aimoit, il apperçut les Coureurs de l'Armée des Révoltés, prêts à les joindre, & par conséquent prêts à les arrêter ; pour lors dans ce péril, par un mouvement machinal, il cassa la noix, & il en vit sortir trente mille hommes effectifs, tant Cavalerie, Infanterie, que Dragons, avec l'Artillerie & les munitions nécessaires. Il se mit à leur tête ; & faisant face à l'Ennemi, il fit (sans jamais se laisser entamer) la plus belle retraite du monde ; il s'empara par ce moyen des Montagnes qui se trouvoient sur son passage, & sauva la Reine des mains de ses Sujets révoltés.

Après

Après cette belle manœuvre de
guerre, qui ne laiſſa pas d'être
fatiguante, & l'allarme du danger que la Reine avoit couru,
ils ſe repoſerent quelques jours
ſur la montagne ; mais comme
tout le Pays étoit en armes en
avançant pour continuer leur
route, ils apperçurent une autre
Armée bien plus nombreuſe que
celle qu'ils avoient évitée, &
qu'ils ne pouvoient attaquer ſans
témerité. Dans cette cruelle ſituation, la Reine lui demanda
le petit Couteau que la Fourmi
lui avoit donné, pour s'en ſervir
à quelque bagatelle dont elle s'a-
muſoit ; mais trouvant qu'il ne
coupoit pas à ſa fantaiſie, elle le
jetta, en diſant : Voilà un plai-
ſant Couteau ; auſſi-tôt qu'il eût
touché la terre, il fit un trou
très-conſidérable ; le Roy fut
frappé

frappé du talent de sa Jambette,
& sur le champ traça tout au
tour de la Montagne des retran-
chemens profonds qui la rendoient imprenable ; quand cette
opération fut faite , & qui ne
l'occupa que le tems nécessaire
pour en faire le tour, le Moineau dont il avoit fait présent à
Minutie prenant son vol , saisit
le sommet de la Montagne ; &
battant des aîles , s'écria d'une
voix terrible : Laissez-moi faire,
vous allez voir beau jeu ; sortez
tous de dessus la Montagne ,
marchez à l'Ennemi , & ne vous
embarrassez de rien. Il fut obéï
sur le champ , & le Moineau enleva la Montagne tout aussi facilement qu'il auroit fait un brin
de paille ; & parcourant les airs ,
il la laissa tomber sur l'Armée
ennemie , dont il écrasa , sans
doute ,

doute, une grande partie ; le
reste prit la fuite, & laissa le pas
sage libre. Le Prince qui n'étoit
occupé que du désir de voir la
Reine en sureté , souhaita de
pouvoir se livrer à la vitesse de
ses Chevaux ; mais comme une
marche d'Armée conduit nécessairement à la lenteur , il eût
bien voulu qu'elle se trouvât rentrée dans sa Coquille ; à peine en
eût-il formé le souhait , qu'en
effet elle s'y trouva renfermée ;
il la remit dans sa poche, ils arriverent dans le petit Royaume,
où la bonne Fourmi les reçût
avec toutes les marques de la
pure amitié.

Quand Floridor eut donné
tous ses soins pour que Minutie
fût à son aise, & qu'elle ne manquât de rien dans son Palais, il
ne songea plus qu'à son départ,

d'au-

d'autant plus aiſément, que l'a-
mitié de la bonne Fourmi le raſ-
ſuroit ſur tout ce qui pouvoit regarder la Reine. Pendant le
voyage qu'il venoit de faire, &
le peu de tems qu'il avoit paſſé
dans ſes Etats, il eut la liberté
de faire à Minutie l'aveu d'un
amour, qu'elle eût la douceur
de ſe laiſſer perſuader ; enfin il
fallut ſe ſéparer, leur adieu fut
tendre, & Floridor partit ſans
aucun ſecours, que celui d'une
Lettre de Minutie, adreſſée à
tous ſes bons & fideles Sujets, par
laquelle elle leur demandoit d'o-
béïr au Roy Floridor en tout ce
qu'il leur ordonneroit.

La bonne Fourmi ne lui donna
ni la Noix, ni le petit Couteau
qui lui avoient été remis à ſon
retour ; la Reine voulut ſeulement qu'il reçût de ſes mains le
Moi-

Moineau qu'il lui avoit donné,
en le priant de le porter toujours
sur lui, auffi-bien qu'une Echarpe
de Nompareille qu'elle avoit fait
elle-même. Le Roy suivit exactement la même route qu'il avoit
tenu pour conduire la Reine,
non-seulement parce que les
Amans sont touchez de revoir
les lieux embellis par ce qu'ils
aiment, mais encore parce que
c'étoit le chemin le plus court.
Lorsqu'il fut auprès de la Montagne transplantée, le Moineau
s'élevant dans les airs, partit
pour la prendre avec la même
facilité que celle qu'il avoit employé quelques jours auparavant,
& la reporta dans le même endroit qu'elle habitoit auparavant.
Le moineau faisant usage de la
terrible voix dont il sçavoit se
servir quand il le vouloit, dit à
tous

tous ceux qui s'étoient trouvé
enfermés ſous la Montagne :
Soyez fideles à Minutie, faites ce
que le Roy Floridor vous comman-
dera de ſa part , & pour lors ,
ce ſingulier Moineau diſparut ;
la Montagne étoit creuſe ; ainſi
tous ceux qui ſe trouverent pris ,
étoient comme ſous une cloche ;
il ne leur manqua rien pendant
le tems qu'ils y furent renfermés ;
tous les Soldats & les Officiers
qui revoyoient le jour avec un ſi
grand plaiſir, frappés de ce qu'ils
venoient d'entendre , coururent
en foule au-devant de Floridor ,
dont la belle figure étoit intéreſ-
ſante ; & le regardant comme
un Dieu , ils le voulurent adorer.
Le Roy touché de leur obéïſ-
ſance , & du nouveau ſerment de
fidelité qu'ils jurerent entre ſes
mains pour leur légitime Reine ,
reçut

reçut leurs refpects, & non leur
adoration, après leur avoir montré la Lettre dont il étoit chargé. Il fit la revûë de cette Armée ; il en choifit cinquante
mille des plus beaux, & de ceux
dont la bonne volonté fait toujours réüffir-les projets des Généraux. Il établit dans fa nouvelle Armée une difcipline très-
exacte dont il étoit l'Auteur &
l'exemple, & ce fut avec ces
Troupes qu'il rendit invincibles,
qu'il défit les Troupes innom-
brables d'un Ufurpateur qu'il tua
lui-même dans un des derniers
combats. Sa mort rendit à Minutie un Royaume qu'elle avoit
abfolument perdu.

Floridor parcourut toutes les
Provinces de ce grand Etat, &
rétablit l'autorité de Minutie
qu'il vint retrouver.

Mais

Mais quel changement ne troûva-t-il point dans le caractere & dans l'esprit de cette jolie Reine? Les conseils de la bonne Fourmi, & plus que tout l'amour & l'envie de plaire, & d'être digne de Floridor, l'avoient corrigée. Elle fut honteuse d'avoir toujours fait de petites choses avec de grands secours, pendant que son Amant en avoit fait de si grandes avec de si petites. Ils se marierent & vêcurent heureux.

LA

LA BELLE HERMINE,

ET LE

PRINCE COLIBRI.

CONTE.

IL étoit une fois un Roy que l'on avoit fort mal élevé, ce qui furprenoit tout le monde, car la mauvaife éducation n'étoit pas autrefois fi commune ; jamais on n'avoit ofé le contredire ; en un mot, on avoit fi bien fait, que je ne crois pas qu'il fçût lire : aufli tous fes Sujets fe moquoient de lui, comme on fera toujours de tous ceux qui ne voudront rien apprendre. Un Roy fi fort ignorant n'auroit certainement pas gardé long-tems fon Royaume,

me, fi les Fées ne l'avoient protegé ; il eft vrai cependant qu'il
faifoit le bonheur de fes Sujets
autant qu'il le pouvoit ; & comme il aimoit beaucoup les plaifirs, il leur donnoit continuellement des Fêtes qui les confoloient de la perte des Provinces
qu'il cédoit à fes Voifins, plûtôt
que d'avoir la moindre guerre.
Il avoit été marié fort jeune avec
une fort belle Princeffe qui mourut très - peu de tems après, &
qui le laiffa pere d'une fille belle
comme le plus beau jour, & que
l'on connoît dans l'Hiftoire fous
le nom de belle Hermine.

A peine avoit-elle fept ans,
qu'on admiroit fa taille, fes graces & fa beauté; elle ne paffoit
point dans les Salles du Palais,
que tout le monde ne s'écriât,
malgré le refpect qu'on lui devoit :

voit : Qu'elle eſt belle, qu'elle a
de graces ; mais la Princeſſe loin
d'en devenir plus fiere, n'en étoit
que plus douce & plus honnête.
La vénérable Anemone qui étoit
une Fée du premier Ordre, ayant
entendu parler d'une ſemblable
merveille, voulut en juger par
elle-même ; elle prit la figure
d'une bonne petite Vieille, qui
marchoit avec beaucoup de peine, appuyée ſur un gros bâton
d'Epine, & vint au grand Puits
du Palais attendre la Princeſſe,
qui devoit paſſer auprès en venant de la Laiterie ; elle portoit
un petit pot rempli de la meilleure Crême du monde, qu'elle
avoit été chercher pour ſon dé-
jeuné. Elle apperçut cette bonne
Vieille qui ſembloit déſirer de
l'eau, mais qui n'oſoit s'expoſer
à remuer ſeulement la chaîne &

le fceau pour en tirer. La Princeffe démêla l'embarras de cette
pauvre femme ; & s'approchant
d'elle , elle lui dit : Je voudrois
pouvoir vous aider , ma bonne
mere ; nous ne ferions pas affez
fortes toutes deux pour tirer de
l'eau, n'eft-ce pas? Hélas ! non,
Mademoifelle, répondit la Vieille ; attendez un moment, reprit
la Princeffe , & je vais vous envoyer quelqu'un pour vous aider ; mais il eft bien matin, je
ne trouverai perfonne ; je crois
qu'il n'eft encore que midi, &
les Valets ne fe leveront pas
avant deux heures. Hélas ! Mademoifelle , continua la Vieille,
je me meurs de foif ; tenez , lui
dit la belle Hermine, buvez ceci ;
pour lors elle lui donna fon petit
pot, je crois que cela vous fera
plus de bien , c'eft le deffus de
toutes

toutes les Terrines de la Laiterie
du Roy ; la Vieille l'accepta, en
difant : *Qui ne peut voir fouffrir,*
mérite d'être heureux ; & pour
lors reprenant fa premiere figure, elle parut aux yeux de la
Princeffe. Anemone dans tout
fon naturel, ne fit point de peur
à la Princeffe en changeant de
figure. Je veux, dit Anemone,
avoir foin de vous ; mais comme
vous êtes environnée de Fées
qui ne m'aiment point, priez le
Roy de mettre auprès de vous
la premiere petite Payfanne qui
vous paroîtra jolie ; ne vous em-
baraffez pas d'autre chofe, re-
prenez votre Crême, & ne parlez de ceci à perfonne. Anemone
difparut auffi-tôt, & laiffa la
Princeffe fort étonnée. Le Palais
du Roy étoit magnifique ; & toutes les recherches dont il étoit

rempli, étoient en plus grand nombre que celles qu'infpire la volupté. Celle-ci eft fondée fur les befoins, au lieu que la moleffe les prévient fans ceffe. On ne pouvoit fentir un repos qui n'avoit jamais eu befoin de défirer ; on en étoit venu au point de regarder la vivacité de la converfation comme une des fatigues du corps. On y murmuroit continuellement contre les faifons, & mille Efclaves réparoient fans ceffe, avec une peine extrême, l'inconvénient que l'on reprochóit au tems. Les mêmes délicateffes régnoient dans les repas ; la faim étoit toujours prévenuë ; en un mot, une éternelle focieté régnoit fur tout. Parmi les Fêtes qui fe donnoient continuellement, celle des *Foibleffes* étoit la plus confidérable ; on n'a-

voit

voit rien négligé pour la rendre
solemnelle, & le peuple s'étoit
aisément persuadé qu'il étoit bien
plus doux de les adorer que de s'en
garentir. Les Prêtres même y
trouvoient leur avantage; c'étoit
le jour qu'on la célebroit qu'A-
nemone avoit fait connoissance
avec la belle Hermine. Le soir
(car on ne connoissoit point le
matin) on se faisoit porter couché sur un lit, beaucoup de gens
étoient même entre deux draps,
& l'on venoit faire ses prieres
dans le Temple dédié à tous les
Dieux, ou plutôt à tous les Goûts,
car les foiblesses sont générales;
mais dans la crainte d'offenser
celle de quelqu'un, on ne faisoit
aucun Sacrifice, & l'on ne bru-
loit aucun parfum, pour ménager
avec grand soin les vapeurs, maladie très-commune dans ce Pays.

Q 3   La

La belle Hermine en fuivant fur fon petit Lit le grand Lit du Monarque fon pere , apperçut une petite Payfanne qui regardoit paffer la Cour avec la curiofité que peut donner une nouveauté magnifique & finguliere. Elle fit figne que l'on arrêtât : car en ce lieu , on ne donnoit aucun ordre que par figne. Le Lit de la Princeffe s'arrêta donc , elle confidera cette petite fille avec attention , & quelques regards modeftes & fpirituels lui perfuaderent aifément qu'elle étoit l'objet de fa recherche. Elle lui demanda fon nom , & fçut qu'elle s'appelloit Birette. Elle voulut la faire mettre fur fon Lit ; mais la petite fille l'affura que pour recevoir fes ordres , elle feroit un chemin plus confiderable ; en effet, la diftance n'étoit pas grande , & l'on

l'on portoit très-lentement, dans
la crainte de fatiguer ceux qui
étoient dans les Lits. Birette
suivit donc la Princesse ; & paroissant à la Cérémonie dans le
lieu le plus éminent, elle fut re-
marquée de tout le monde. Le
Roy lui même envoya pour s'en
informer, & la Princesse lui fit
dire que cette petite fille qu'elle
avoit trouvée en chemin, lui
avoit plû, & qu'elle le prioit de
la lui donner auprès d'elle. Ce
Prince y consentit, & dit : Puisque la Princesse l'aime, qu'on la
rende heureuse, & qu'on la mette
bien à son aise ; on détacha sur
le champ quelques Porteurs du
Relais du Roy, pour aller chercher un Lit dans la Sacristie
qu'ils apporterent aussi-tôt à Birette ; mais elle le refusa, ce qui
fut blâmé de tout le monde ; &

l'on

l'on se disoit : Voyez ce que c'est
que les gens de la Campagne,
ils ne veulent pas se coucher dans
le Temple ; d'autres cherchoient
à l'excuser. Comment voulez-
vous, disoient-ils, qu'elle sçache
sa Religion, & qu'elle connoisse
ses commodités, la pauvre fille
ne s'est peut-être jamais couchée
que la nuit, & mille autres propos de cette espece. Le Service
commença, il consistoit en une
Musique tendre & voluptueuse :
les paroles célebroient le repos ;
on y chantoit encore que la mort
étoit un repos qui leur seroit plus
ou moins assuré, selon qu'ils l'auroient obtenu dans ce monde ;
& pour ne point se fatiguer l'esprit par des idées désagréables,
on ne faisoit aucune mention de
la peine & du travail. Après la
Cérémonie, tout le monde pé-
nétré

nétré de la mélodie de cette
Hymne, se fit porter chez soi;
le peuple que l'on plaignoit de
ne pouvoir joüir d'une pareille
commodité, trouvoit des Lits
dans le Temple sur lesquels il
assistoit aux Priéres, l'attitude la
plus commode étant en ce Pays
la plus dévote. Le Roy fit venir
Birette à son rétour, il en fut
très-content, quoiqu'elle lui dit
plusieurs choses qui lui donnerent la peine d'écrire, qu'il sup-
porta avec bonté; cet aimable
enfant employa le tour simple
& naïf, pour conduire la belle
Hermine à des réflexions, pour
lui faire sentir au milieu des objets les plus séduisans, les erreurs
de ce Royaume, & les préven-
tions dans lesquelles il étoit plon-
gé. Elle faisoit remarquer à la
Princesse tous les ridicules de sa

Q 5   Cour

Cour & du Gouvernement ; &
feignant de trouver tout nouveau, elle avoit un prétexte fuf-
fifant pour faire paffer fur le
compte de fon ignorance, les
critiques de tout ce qu'on lui faifoit remarquer. Elle fuppofa même que fon pere avoit beaucoup
voyagé ; & racontant ce qu'elle
lui avoit entendu dire, elle ne
citoit que la vertu, la valeur &
la générofité. De femblables difcours, paroiffoient ridicules &
barbares à tous les Courtifans.
Un de ceux qui avoit le plus d'efprit, dit au Roy, un jour que
Birette avoit prononcé le mot
de guerre, & qu'il fe l'étoit fait
expliquer : Jamais il n'y a rien
eu, pourfuivit-il, de plus oppofé
à la raifon & à l'humanité. La
valeur n'eft qu'une brutalité contraire à l'envie de fe conferver.
On

On veut en vain lui donner le
nom de Vertu ; car les mêmes
hommes qui l'admettent & qui
la réverent, font obligés de dire
qu'elle doit être accompagnée
de la générofité qui veut, par
exemple, que l'on pardonne à
fon ennemi, & que, par exemple, on ne le tuë point à terre ;
n'eft-il pas plus fimple de n'avoir
point d'ennemi, & de n'avoir
aucune envie de détruire fon
femblable ? Pourquoi ne pas com-
mencer par être généreux, fans
faire ufage de la valeur ? C'eft ce
que nous faifons dans les Etats
de notre grand Monarque. Les
Canons, par exemple, & l'ufage
pervers de la poudre, inventés
pour la deftruction des hommes,
ne nous fervent à nous que pour
notre amufement & notre fatis-
faction ; nous en faifons des Fu-

Q 6　fées,

fées, les Feux d'artifices embelliffent nos Fêtes & nos Nuits, & nos Canons ne font jamais chargés que d'une compofition d'Ambre & de Canelle, que l'on tire tous les jours plufieurs fois, dans le deffein de parfumer l'air que nous refpirons. On difoit tous les jours devant ce Prince mille autres chofes inutiles à rapporter, mais toujours dans le même goût, qui faifoit la critique de Birette. Elle auroit aifément trouvé de quoi répondre à des propos fi miférables, mais elle n'étoit occupée que de la belle Hermine ; & contente des lumieres de fon efprit, elle y femoit les principes de toutes les Vertus héroïques. Quand elle la trouva fuffifamment perfuadée de beaucoup d'idées juftes, elle jugea qu'il étoit tems de lui faire

voir

voir des Pays dans lesquels elle
pourroit voir, pratiquer & faire
cas des choses qu'elle lui avoit
vantées, & sur tout, l'éloigner
des objets qu'elle avoit devant
les yeux ; elle esperoit en même
tems prévenir les dangers de l'a-
mour par un choix si bon, qu'il
pût être éternel. Elle désiroit
qu'il pût tomber sur un petit
Prince dont elle avoit protegé
toute la Famille, & qui se nommoit Colibri. Ses bonnes quali-
tés le rendoient digne d'une aussi
belle Princesse ; mais il falloit
que l'amour s'en mêlât, car tout
le pouvoir des Fées ne peut ni
le faire naître, ni le faire cesser.
Birette fit consentir la belle Hermine à quitter la Cour du Roy
son pere ; & la faisant monter
sur son Char, elle la conduisit
chez les Pallantins, Peuples semblables

blables à ceux que l'injuftice de ces derniers tems a fait nommer Sauvages, quoique la pureté des mœurs, l'innocence & la valeur brillaffent à l'envi parmi eux. La proprieté étoit ignorée dans le Pays, ou du moins elle ceffoit d'être connuë à la feule idée du befoin d'un autre homme. La Princeffe fut bien étonnée quand à fon arrivée elle apperçut un nombre prodigieux d'hommes prefque nuds armés d'Arcs, de Fléches, qui faifant confifter leur principal mérite dans les forces du corps, n'étoient occu-pés que du moyen de les entre-tenir, & d'augmenter leur adref-fe. Anemone les protegeoit de-puis long-tems ; & comme elle préferoit & refpectoit les fenti-mens de la belle Nature, elle avoit confié l'éducation du Prince
Colibri

Colibri à ces Peuples , heureux
par la douceur & la situation de
leur climat , & plus encore par
celle de leur caractere , sans en
rien dire à la Princesse ; elle lui
avoit donné le don d'entendre le
langage de ces Peuples , & celui
d'en être entenduë. Elle sentit
donc avec étonnement la différence d'une conversation aussi
simple qu'énergique , & de laquelle on avoit retranché tous
les mots pleins d'affectation si
fort en usage à la Cour du Roy
son pere. Doüée de cette facilité, le jeune Prince qui se croyoit
un jeune Pallantin , qui avoit
d'autre moyen que l'adresse & la
vertu pour s'élever au-dessus des
autres , fut nommé par ces Peuples pour faire un compliment à
la belle Amie d'Anemone ; &
voici ce qu'il lui dit : Tes yeux
font

font plus beaux que les Aſtres
qui dominent dans le Ciel ; ſans
doute que tes vertus répondent
à tes beautés ; demeure dans nos
Pays pour nous en donner de
nouveaux exemples , & nous
charmer par la candeur de ton
ame , comme tu nous ébloüis par
la douceur de ton viſage. La
Princeſſe ne laiſſa pas d'être flat-
tée d'un éloge auſſi ſimple , &
lui répondit avec douceur , qu'-
elle venoit elle-même pour s'inſtruire dans un Pays auſſi ſage
que celui des Pallantins. Anémone avoit une Maiſon abſolument ſemblable à celle que chaque Particulier devoit avoir ; elles étoient baſſes & propres , &
toutes avoient un Jardin bordé
d'un ruiſſeau , & le luxe ne pouvoit s'introduire dans un Pays
dont on avoit banni la proprieté,

&

& les triftes idées du tien & du mien. Quoique la Chaffe fût la plus grande richeffe des Pallantins, elle fe faifoit en commun auffi bien que la culture des terres; & le travail toujours fi trifte dans les autres Pays, n'étoit en celui-ci qu'un amufement, il fe faifoit en chantant. Les femmes étoient occupées aux travaux domeftiques, & ces occupations ne les empêchoient pas de fe voir & d'attendre enfemble leurs maris, dont le retour fatisfaifoit tous les foirs leur impatience. Les enfans étoient élevés en commun; les femmes qui n'avoient point d'efprit, étoient défignées pour être Nourrices, & leur état étoit fort adouci; mais celles qui avoient le plus mérité dans cet état, étoient à 50 ans chargées de l'éducation

des

des filles jusques au tems du mariage général, où les choix particuliers étoient toujours préferés. Les exercices du corps se faisoient en public, & servoient de Spectacle. L'étude des Pallantins ne consistoit que dans la connoissance & l'examen de la Nature. Anemone leur en avoit pour ainsi dire, ouvert les Livres ; ils apprenoient non-seulement ce qu'elle leur avoit enseigné, mais elle sçavoit beaucoup de gré à ceux qui faisoient la plus petite découverte ; leur Religion étoit simple, & n'étoit point défigurée par la superstition. La belle Hermine paroissoit trop simple & trop naturelle dans la Cour du Roy son pere ; cependant elle parut chez les Pallantins si composée, qu'elle en fut frappée elle-même, & qu'elle

qu'elle en rougit plusieurs fois ;
ce fut alors qu'elle sentit la vérité des conseils d'Anémone, &
la justesse des critiques qu'elle
avoit fait de la Cour du Roy son
pere. Cependant frappée de tant
d'exemples, elle se livra sans réserve à l'étude ordonnée dans ce
Pays, & sur-tout, à la pratique
d'une Religion dont la Societé
est le Temple, & chaque Particulier le Sacrificateur.

Colibri ne perdoit pas une occasion de la voir & de l'admirer ;
il cherchoit à se distinguer au
milieu de tant d'hommes ver-
tueux. Heureux Pays, où l'on
faisoit de semblables déclara-
tions ! C'étoit l'usage de ne faire
connoître son amour que par une
conduite agréable, jusques au mariage, que l'on celebroit le premier jour du Printems. Quand
une

une perſonne en avoit touché
pluſieurs, le choix appartenoit
à celle qui étoit aimée, & la
Loi étoit en ce point égale pour
les hommes & pour les femmes.
Il eſt cependant vrai, que bien
loin de tirer vanité de la plura-
lité des hommages, comme on
fait par-tout ailleurs, on étoit
perſuadé que l'on avoit employé
la coquetterie pour les engager,
ainſi l'on étoit plus blâmé qu'applaudi. Les Rivaux ne cherchoient jamais à mériter la pré-
ference que par leur vertu, & ne
témoignoient point le reſſenti-
ment, inſéparable de l'amour mécontent, qu'en ſe rendant plus
aimables dans la ſocieté, & faiſant voir l'injuſtice qu'on leur
avoit faite en ne les choiſiſſant
pas. Ils pouvoient devenir plus
heureux par la ſuite, car les mariages

riages étoient rompus auſſi-tôt
que l'humeur ou l'aigreur ſurve-
noient dans leurs alliances ; cependant les divorces étoient fort
rares. On peut juger quelle étoit
la conduite de ces Peuples ſur
les autres ſentimens, puiſque l'é-
quité regloit ainſi la plus vîve
des paſſions. Colibri après avoir
attendu la Fête des Mariages,
parut un des premiers ſur le
grand Amphitheatre de gazon
où l'on faiſoit cette Cérémonie.
Les Filles occupoient un côté du
quarré vis-à-vis les jeunes Gens ;
& les Vieillards de l'un & l'autre ſexe qui décidoient des diffe-
rends, au cas qu'il en ſurvînt,
étoient en face des Gens mariés.
Les Filles auparavant que de
prendre leurs places, paroiſſoient
chargées de differens ouvrages
qu'elles avoient faits. Elles portoient

toient avec grace ceux même qui
sembloient les plus vils,& qui n'é-
toient pas les moins considerés
dans cet Etat. Mais pour en rendre le coup d'œil plus agréable,
ils étoient parés de plumes & de
fleurs dont les couleurs agréables formoient une piquante va-
rieté. Les jeunes Gens paroissoient ensuite;leurs armes étoient
ornées de fleurs & de plumes;
après quoi, pour faire voir leur
adresse, ils couroient & luttoient
les uns contre les autres. On ne
donnoit aucun prix au Vainqueur ; il n'en attendoit ce jour-
là que de l'objet aimé. Les Filles
s'avançoient ensuite;& pour mar-
quer le choix qu'elles faisoient,
elles présentoient aux jeunes gens
l'ouvrage qui les avoit fait briller
aux yeux de l'Assemblée , &
recevoient leurs armes , ce qui
pro-

produifoit un changement de fcè-
ne très-agréable, Celles qui par
hazard n'étoient point acceptées,
& les hommes que l'on n'avoit
point choifis , retournóient à
leurs places pour attendre la décifion des Anciens, qui les exhor-
toient ordinairement à chercher
à plaire & à corriger les défauts
qui les avoient empêchés de réuf-
fir. Cette exhortation ne fe faifoit qu'après un Ballet general,
danfé avec beaucoup de graces
par les heureux Amans. Les
chants en étoient fimples, les
pas qui tendoient tous à l'objet
aimé, ou qui ne s'en éloignoient
que pour exprimer le plaifir de
s'en rapprocher, infpiroient les
defirs & la volupté. Colibri vit
avec étonnement que la belle
Hermine n'étoit point à la tête
des autres Filles ; elle étoit affife
avec

avec Anemone dans la place diftinguée qu'elle occupoit au milieu des Vieillards. Un mariage
pareil à celui que l'on célebroit,
ne lui convenoit point, & le di-
vorce qui régnoit dans ce Pays,
convenoit encore moins à la fierté de son cœur. Colibri de son
côté qui ne connoissoit que les
usages des Pallantins, regarda
son procedé comme une impieté,
& jugea facilement que les projets qu'il avoit fait pour témoigner sa force & son adresse, devenoient inutiles, & que toutes
les esperances d'un bonheur aussi
prochain que celui dont il s'é-
toit flatté, étoient renversées.
La vûë de l'Amphitheatre & de
la felicité de tant d'Amans, lui
devint impossible à soutenir. Il
feignit donc de se trouver mal
pour en sortir; il erra par la Ville.

La

La solitude que l'on y trouvoit, convenoit à la triste situation de son cœur; mais tout lui rappelloit aussi la belle Hermine qu'il avoit si souvent cherchée dans ces mêmes endroits; & bien-tôt ne conservant plus d'esperance, il s'éloigna de ces lieux, dont le séjour avoit fait ses délices. Il suivit des chemins détournés; & se jettant dans les Montagnes, il arriva sur les bords de la Riviere Froide. Ce nom lui fit esperer qu'il pourroit trouver sur ses bords une liberté qu'il regrettoit sans cesse. Le Pays arrosé par cette triste Riviere, est prodigieusement peuplé, & le Gouvernement est Républicain. L'avarice y domine; aussi les Habitans ont le visage pâle, le cœur agité & l'esprit contraint. On y marie les enfans dès le berceau, afin que l'amour

ne les détourne pas un feul inftant des occupations lucratives.
La délicateffe & tous les plaifirs
du cœur étoient inconnus chez
ces Peuples barbares. De pareils
objets étoient bien éloignés de
guérir Colibri ; il regrettoit encore plus la belle Hermine, &
reffentoit plus vivement le malheur de n'avoir pû lui plaire ;
mais plus il fouffroit dans un lieu
fi contraire à fes fentimens, plus
il vouloit y fixer fon féjour ; car
il eft des fituations déplaifantes
que l'on aime à prolonger. Anemone d'un autre côté attentive
à tout ce que le Prince penfoit,
& qui n'ignoroit aucune de fes
actions, en étoit fort inquiette ;
& perfiftant toujours dans fon
projet, elle propofa à la belle
Hermine de quiter les Pallantins.
Après avoir exhorté les heureux
Pal-

Pallantins à ne point abandonner leurs usages & leurs Loix,
& les avoir assurés de son amitié, elle partit dans son même
Char avec la Princesse. Elles tra-
verserent les airs avec une extrême rapidité, & franchirent en
fort peu de tems les Montagnes
qui séparent les Pallantins de
leurs voisins, & se trouverent sur
les bords de la Riviere Froide;
mais avant que d'entrer dans la
Ville Capitale, elle prit la figure
d'un Marchand, & donna à la
Princesse celle d'un jeune homme qui passoit pour son fils. Colibri entroit pour beaucoup dans
son projet, car elle étoit assurée
de le rencontrer, comme cela at-
riva. Dans la triste situation où
il étoit, il ne fut pas insensible
au plaisir d'être accüeilli par un
homme qui lui parloit sa Langue

R 2   na-

naturelle; mais la Fée étoit convenuë avec la Princesse, de ne se point faire connoître. La belle Hermine fut charmée de retrouver un homme qu'elle estimoit, dans un Pays qu'elle connoissoit peu, & où tout ce qu'elle voyoit commençoit à lui déplaire. La Fée n'ignoroit pas que les impressions qui rapprochent les esprits, ne peuvent jamais nuire à l'amour ; elles augmenterent encore par la tristesse prodigieuse de Colibri. La belle Hermine en voulut sçavoir la cause, & sa curiosité fut aisément satisfaite, car le Prince n'avoit que ses malheurs à confier. L'amour qu'il dépeignoit avec tant de vivacité, son départ, la vivacité de ses sentimens, l'exil auquel il s'étoit condamné, tout cela, dis-je, fut raconté avec cette naïveté que

que donne la verité, & cette élo-
quence qu'inspire le sentiment.
L'esprit de la belle Hermine en
fut frappé; ce qu'elle entendoit,
ne pouvoit lui être suspect. Anemone employa son esprit pour
faire naître une pitié & un at-
tendrissement dont l'amour est
presque toujours précedé. Un
Pays semblable à celui de la Riviere Froide, a bien-tôt inspiré
le dégoût; ainsi lorsqu'Anemone
eut éprouvé sous la figure d'un
Marchand quelques tromperies,
& reçu des preuves éclatantes
du vice & des effets que l'amour
des Richesses produisent dans le
cœur humain, elle ne jugea pas
un séjour plus long nécessaire
dans ce Pays. La Fée se fit donc
connoître à Colibri, & le fit monter dans son Char. Allons, leur
dit-elle, passer quelque tems dans
un

un lieu où nous verrons des objets plus dignes de nous. Colibri dans un étonnement difficile à concevoir, ne sentit plus ses malheurs. Il voyoit la Princesse, & l'aveu qu'il lui avoit fait sans pouvoir lui déplaire, étoit un grand soulagement ; mais leur embarras étoit extrême. La Princesse en reprenant sa figure, parut à ses yeux avec autant d'éclat que le Soleil, lorsqu'en un instant il abbat en Automne un broüillard épais qu'il surmonte. La belle Hermine. . . . .

F I N.

TABLE DES CONTES
contenus dans le second Volume.

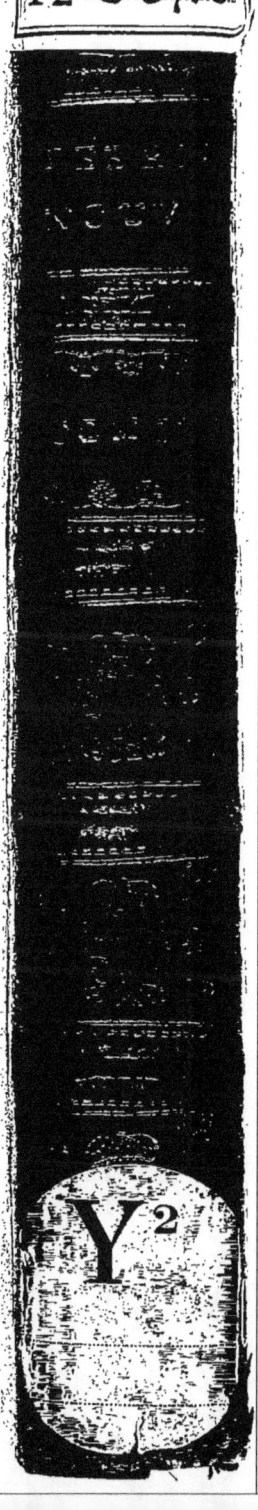